도
시
산
책

도시산책

— 건축가의 시선으로 그린
  부산 어반스케치

초판 인쇄 2023년 8월 15일
초판 발행 2023년 8월 20일

글·그림 | 이종민
펴낸이 | 김태화
펴낸곳 | 파라북스
기획편집 | 전지영
디자인 | 김현제

등록번호 | 제313-2004-000003호
등록일자 | 2004년 1월 7일
주소 | 서울특별시 마포구 와우산로29가길 83 (서교동)
전화 | 02) 322-5353 팩스 | 070) 4103-5353

ISBN 979-11-88509-70-6 (03810)

* 값은 표지 뒷면에 있습니다.
* 본 도서는 카카오임팩트의 출간 지원금을 받아 만들어졌습니다.

도시산책

이종민 글/그림

건축가의 시선으로 그린
부산 어반스케치

파라북스

거리를 산책하듯
설렁설렁 느릿느릿

어떤 의미에서 건축은 삶을 조율하는 그릇이다. '그릇은 물을 담아 물의
형체를 빚어낸다.' 노자의 말과 같이 건축은 사람의 삶을 잘 담아내게
정성스레 만들어져야 하는 그릇과 같은 물건이다. 따라서 건축에 대한
건축가의 올바른 철학이 좋은 건축을 이끈다. 또한 건축은 배경으로 존
재할 때에 참가치를 지닌다. 건축의 개별적 가치는 공익을 위하여 충분
히 제어되어야 한다는 뜻이다. 건축이 주인공이 되면, 주인의 자리를 잃
은 사람들은 불안하다. 이른바 건축의 폭력이다. 주변에 그런 건물이 비
일비재하다. 경제적 수단, 예술적 성취로 오인되어 생긴 괴물들이 도시
를 망가뜨린다.

문제는 그러한 오류가 도시와 시민들에게 미치는 영향이다. 그러지 않
기 위하여 시민의 의식과 힘이 필요하다. 즉 문화 생성의 주체가 시민이
되어야 한다는 말이다. 하지만 여전히 몇몇 사람들이 문화를 이끌어갈
수 있다고 착각하고 도시는 실패를 거듭하고 있다. 그것을 성찰하는 것
이 참된 문화의 태도이다. 창의적인 문화가 많은 시민의 머리와 가슴에
서 나와야 도시가 오래가고 건강하다. 특히 건축가가 도시의 일원으로
서 도시문화를 관찰하고 반성하는 것은 일종의 의무이다.

문득 나는 참 오랫동안 한곳에서 살아왔다고 생각했다. 그리고 부산이
역사, 풍토, 자연, 그 어느 것도 빠지지 않는 도시라는 것도 알게 되었

다. 자라고, 공부하고, 결혼하고, 아이들을 키우는 짧지 않은 시간을 나와 함께 무심히 동반해준 도시와 익숙한 거리들. 나는 그것들을 내 앨범의 한구석에 그려 두기로 하였다. 건축에서 시작하여 거리를 그려내고, 또한 삶을 그리는 일이었다. 도시와 거리의 기록뿐 아니라 사람들의 훈훈한 표정을 담아내는 신나는 일. 아~ 그러한 작은 조각들이 모여 도시문화의 한 페이지로 남게 된다면 얼마나 행복할까?

거리의 표정은 실로 다양하고, 도시문화의 많은 부분이 거기에서 생성되고 발전되고 또 소멸한다는 것을 그림을 그리면서 알았다. 이른바 거리는 한 시대의 문화 척도였다. 도시의 거리는 늘 사람들에게 말을 건다. 내가 걷고 그린 거리도 매일 다른 모습으로 말을 걸어왔다. 어떤 땐 정겨운 동반자의 모습이었고, 어떤 날은 몸서리치는 혐오의 대상으로 나와 마주쳤다. 그러한 거리가 사람에게 거는 말은 위로이기도 애원이기도 하였다.

거리가 내게 던진 말과 혹은 다른 사람들과 나눈 소소한 이야기들이 그림이 되고 글로 묶였다. 어느 것이 먼저랄 것도 없이 서로 섞이니, 화첩인지 에세이집인지 모를 일이다. 아름다운 부산, 도시에 대한 아쉬움, 건축에 대한 열망을 순서대로 실었다. 내가 자유롭게 거리를 거닐었듯이, 글과 그림 또한 형식에 구애됨 없이 때로는 그림책으로 혹은 수필로 읽혔으면 좋겠다. 마치 가벼운 차림으로 거리를 산책하듯이 설렁설렁, 느릿느릿.

| 차례 |

01 부산을 말하다

02 도시를 말하다

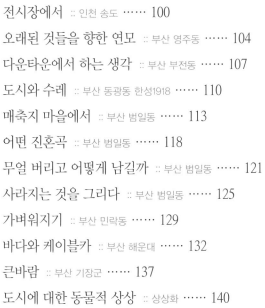

03 건축을 말하다

| 스토리맵 |

원자

노포역.

온정리 해변.

안땅역.

대변항

장산역.

헛사포항

광만대교

해운대.

문런로드

유엔기념관.

북항.

태종대.

Story. Map. Busan.

01

부산을 말하다

남항을 거닐며

:: 부산 남항동

2022. 11. 12. 남항 17.

Lim.

남항에서만큼은 건축적 상상력을 거두어야 한다. 터만 보면 마음대로 지었다 허물곤 하는 건축가에게 창조의 대상인 도시의 관찰만큼 즐거운 일이 또 있을까?

도시를 관찰하는 방법으로 조망鳥瞰이란 것이 있다. 새鳥의 시선이 되어 내려다본 풍경이다. 하지만 내가 부산을 최초로 바라보게 된 것은 여느 내륙의 도시에서처럼 새의 눈으로 내려다본 것이 아니라 마도로스나 어부가 회항하는 시점視点이어서 유별나다. 그게 항구도시만의 매력임은 뒤에 알았고, 이후로 나는 타지의 여행객들에게 부산을 제대로 보려면 뱃전에서 바라보라고 자신 있게 권유한다.

좌의 천마산松島과 우의 봉래산影島을 양측에 두고 항구로 빨려드는 남항의 초입이었다. 점점 확연하게 다가오는 도시의 모습에 소년의 가슴은 마구 뛰었다.
항구를 이루고 있는 것 또한 모두 생소하였다. 붉은 등대며 부두에 올려진 철선의 밑동이며 코끼리를 닮은 창고들이며……. 소년에게 도시란 담담하게 바라보기엔 버거운, 그야말로 큰 물체들의 집합이었다. 굵은 밧줄이 뱃전을 치면 침을 꼴깍 삼켰고, 예고 없이 울리던 뱃고동 소리는 사람들의 소리에 비하여 또 얼마나 크고 무서운 것이던가.
마침내 용두산 공원의 모습이 보이기 시작하고 건물이 하나둘씩 클로즈업되면서 소년의 가슴이 비로소 진정되었다. 일렁이는 파도를 뒤로하고 도시에 안착했다는 안도로 가벼운 멀미를 하였다. 나는 수십 년 전 여객선 뱃전에서 부산을 처음 보았다.

큰 도시 부산에는 남항 외에도 몇 개의 항구가 더 있다. 북항과 감천항 그리고 국제적인 위용을 갖춘 신항. 그중에서도 부산이라는 도시와 곡절을 같이해온 항구는 남항과 북항이 아닐까 한다. 마치 어미와 아비 같았다고나 할까.

북항이 전후의 구호물자를 필두로 근년의 수출입용 컨테이너를 실어 나르던 산업과 무역의 중추였다면, 남항은 도시민의 자잘한 삶이 얽혀 있던 곳이다. 최근 북항을 재개발하면서 부산 사람들은 고단하던 시절의 향수에 아련해 하기도 하지만 개발은 급물살을 탔다. 하지만 부산 사람들은 북항 대신, 더 현실적으로 부대끼던 남항이 여전히 건재함으로써 자칫 개발의 환상으로 잃어갈 법한 도시의 진면목에 대한 아쉬움을 덜고 있으니 이 얼마나 다행인가.

기록이 1407년태종 7년으로 거슬러 올라가니, 남항은 무려 600여 년 동안 뭇 갑남을녀가 바다를 근거로 살아 숨쉬던 곳이다. 1876년 강화도 조약으로 개항되고, 1930년 무렵 이미 현재의 모습과 다름없는 항구의 형태를 갖추었다 하니, 부산 사람들의 터전 중에서 이처럼 은근하고 질긴 곳이 또 있을까?

근년2006년에 남항대교가 생기면서 항구의 진화 또한 눈여겨보아야 할 일이지만, 아무리 생각해도 남항의 이야기는 오래된 것들의 흔적과 은근한 부산 사람들의 추억을 빌어 바라봄이 옳을 듯싶다. 말하자면, 꼭 새로 만든 다리나 산 위에서 바라보는 찬란한 불빛이 모두가 아니란 말이다.

대체로 남항의 풍경이란 공동어시장, 영도다리와 크고 작은 수리조선소들의 파노라마를 말한다. 부산의 10대 자랑거리의 하나인 '자갈치시장'

이 중심에 자리하고 있는 것을 필두로 전국적으로도 새벽부터 늦은 밤
까지 불야성을 이루는 몇 안 되는 곳이다. 하지만 풍경도 풍경이거니와
남항의 진면목은 치열하게 부딪치는 삶의 흔적이 늘 새겨지고 수시로
지워지는 퍼득퍼득한 생명력에 있다.

부딪히지 않고 그 면모를 어찌 이해하랴. 하여 남항을 둘러보시려면 부
디 옷에 배어드는 비린내를 귀찮아하거나 얼굴에 튀는 생선비늘을 떨어

:: 부산 자갈치시장

내려 애쓰지 않았으면 한다. 그 정도의 각오가 아니라면 남항의 매력에 빠질 엄두를 내지 마시라. 기실 남항의 매력은 그대의 걸음걸이에 꼭꼭 숨어 있다.

혹 천하태평 고등어를 낚아올리는 방파제의 사람들을 만나면, 이 자리에서 낚시를 생업으로 하던 조선의 사람들을 생각해 보시라. 일전에 나는 아득한 시간의 간극에도 불구하고 장소가 엮어내는 삶의 동질감에 탄복하고 말았다. 그게 남항을 지탱해온 역사이며 역동성이라면 과한 표현일까.
또한 낡은 영도다리 밑의 점卜집에 재미로 들러본다거나 여전히 적산가옥인 채로 남아 있는 건어물상을 기웃거려 보시라. 소주 한잔에 오징어 다리 하나 질겅질겅 씹으면서 뱉어내는 말이 "삶이 뭐 별거던가?" 따위의 자신감이었으면 더 좋겠다. 그 정도면 남항을 제대로 느낀 것이 아니겠는가.

내가 매일 남항을 거닐고 싶은 것은 뱃전에서의 향수 때문만은 아니다. 이 각박한 세상에 느리게 걸으며 삶의 한순간을 의탁해볼 장소가 그리 흔하지 않은 탓이다. 나는 남항이 여전히 역사의 느린 맥락을 천천히 밟아갔으면 한다. 멋진 장소는 화려하지 않아도 되며 편리하지 않아도 되는 것이다. 다만 그 자리에 존재해 있으면 되는 것이다. 그게 내가 본 남항이다.
그리하여 건축가인 나는 남항을 거닐 때마다 개발을 전제로 하는 나의 건축적 상상을 기꺼이 거두어들인다.

영도다리

:: 부산 대교동

어떤 장소에서 겸허해져야 하는 것은 기록의 미미함을 알기 때문이다. 터에 대한 이야기는 개별적 감상이기도 하지만 한편으로는 상호의 관계이기 때문에 더욱 그렇다.

상판이 '하버브리지'처럼 미려하지 못하고 교각이 '골든게이트'처럼 날렵하지 못하여도 나는 늘 그 다리 위에 서고 싶다. 다리의 난간에 설 때마다 "영도다리 난간 위에 초승달만 외로이 떴다."라던 가수의 절규보다는, 들고나기를 반복하는 물의 섭리를 관찰하기보다는, 인간과 자연과 세월이 뒤섞여 버무려진 여러 장면을 먼저 떠올려보고 싶다.
교각을 휘도는 물살을 바라보면서 욕망, 소통, 추억이라는 인간의 단어들을 생각하고, 고개를 들어 자갈치시장, 수리조선소, 공사현장과 같은 주변의 치열함에 전율을 느껴보고 싶다.

모든 연륙교육지와 섬을 이어 주는 다리는 욕망의 출발점이다. 절영絶影, 영도의 옛 이름이라는 이름의 아름다운 섬에 태고로부터 사람들이 살았다. 말을 키우며 물고기를 잡고 밭을 일구면서 무시로 뭍을 바라보았을 것이다. 반면 뭍의 사람들에게 섬은 환상과 호기심의 대상이 아니었을까. 이러한 서로의 욕망들은 연륙連陸을 이룸으로서 해소됨직하였을 터, 다리의 탄생은 자연스러운 것이다.
그럼에도 다리를 놓는다는 것은 하나의 소통을 얻고 다른 하나를 단절시키는 일이다. 같은 물살의 바다는 각기 다른 이름으로 불리었다. 큰 배는 섬의 뒤편을 돌아 더 큰 항구로 접안해야만 했으니 이른바 '북항'으로 자연스레 무역과 산업의 역할을 담당하게 되었다. 반면 다리의 남쪽은 여전히 태고로부터 이어져온 고기잡이와 사람들의 잡다한 일상이 영위되는 어항으로 남았으니 단절임에 분명했다.

영도다리가 빛나는 것은 그럼에도 불구하고 줄기차게 소통하려는 의지에 있다. 인간의 욕망과 호기심이 거기서 그칠 일이 아니었으니. 끊어진 바닷길을 통해 보려는 의지, 그것이 도개跳開라는 기막힌 방법으로 실현될 줄이야. 1934년의 일이다.

기묘한 광경은 그때나 지금이나 보는 사람들의 가슴을 설레게 한다. 부산 사람들이 이유불문 중단된 도개의 재현에 동의한 것은, 그 장면에 대한 치유치 못하는 집착이며 깊은 애정이다. 추억의 재현은 소통의 유효한 매개이니 영도다리 주변이 여전히 펄펄 살아 있다는 증거가 아닌가.

생각해 보니 섬에서 자란 나의 욕망도 영도다리 밑을 통과하면서 시작되었다. 이후로 나는 수차례 여객선 갑판에서 다리의 밑과 속내를 올려다보았다. 다리는 다부지고 모질고 튼튼한 것이었다. 나도 모르게 어린 주먹을 야무지게 쥐었다.

부산에 터를 잡은 후, 명절 때가 되면 우리 조무래기들은 엉성한 낚싯대와 망태 하나씩 매고 다리 밑으로 갔다. 명절에 고등어라니, 우습지만 우리는 눈먼 고기를 한 소쿠리씩 낚아올렸다. 그즈음이면 어른들이 삼삼오오 다리 밑으로 느긋한 걸음을 하였는데, 저마다의 미래를 점집 할머니 할아버지들에게 묻곤 하였다. 돌아오는 길에 한약과 건어물 냄새가 나는 거리를 꼭 통과해야만 하였다.

세월이 한참 흐르고 난 후, 바로 그 장소에 건축가인 내가 집 한 채를 설계할 수 있었다는 것은 얼마나 큰 행운인가. 도면을 그리는 내내 인연에 감사하고 추억에 즐거웠다.

지금의 영도다리 주변은 복합적이다. 과거의 흔적이 남아 여전히 추억의 장소로서의 명성을 유지하지만, 거대자본이 첨단의 건물을 건설하고 있기도 하다. 당국에서는 해안을 정비하는 등 현대화에 박차를 가하고 있고, 반면 원형 보존의 목소리도 드세다. 목하 이 지역이 개발과 보존이라는 이념의 홍역 속에 또 다른 욕망이 쉼 없이 꿈틀대고 있다는 말이다.

도시는 소멸과 생성을 반복한다. 기실 보존론자에 가까운 나로서도 어쩔 수 없는 것이 도시의 현대화다. 중요한 것은 그 개발 또한 역사의 애환 속에 또 하나의 기록으로 남는다는 사실. 그러므로 주장의 옳고 그름

:: 영도다리와 남항

에 앞서 의식의 소통과 합의가 있어야 한다. 올바른 소통은 그릇된 욕망을 제어한다. 그 위의 개발이라야 타당하다는 것이 나의 생각이다.

매일 오후 2시가 되면 도개 의식이 진행된다. 그 잠시의 시간에 섬은 단절되고 다리 밑으로 키 높은 배가 지나며, 도시의 사람들은 잠시 가쁜 숨을 멈추고 선다. 이미테이션이라도 좋다. 지난날 영도다리의 '연륙'과 '도개'가 잘 버무려져 하나의 역사를 만들었고, 후손인 우리가 그 추억 하나를 확인해 보려 꽤 설득력 있는 재현을 이룬다.
영도다리 주위엔 여전히 욕망과 소통이 넘실댄다.

건널목을 지나면서

:: 부산 중앙동

건축사신문에 연재를 결정하고 쓴 첫 글이 '노트르담'이었다. 눈앞에서 사라져가는 건물에 대해 안타까움과 오래전 비올레 르 뒤크Viollet-le-Duc라는 불세출의 건축가가 이 건축을 복원했던 이야기를 그림으로 그리고 글로 썼다. 그리고 몇 년의 시간이 지나고, 여러 편의 단상이 추억과 열망에 실려 남게 되었다.

개인적으로 무척 의미 있는 일이다. 덕분에 그림을 일상처럼 그리게 된 것도 그렇고, 공공재로서의 건축과 그 건축을 만들어 나가는 태도를 다시 돌아보게 하는 기회가 되었다 할까? 천성이 둔하여 깨달음이 늦었다 치더라도 그건 무척 중요한 일이라 생각한다.

이처럼 타인을 향해 나의 이야기를 전한다는 것은 역으로 나를 다시 다지는 일이 된다. 덕분에 더 나은 건축을 할 수 있을 것 같다. 연재의 길을 열어준 '건축사신문'에 감사해야 할 일이다. 마지막 그림으로 무엇을 선택하고 글은 어떻게 써야 할까 내내 고민하였다.

학교를 졸업하고 사회에 첫발을 내디딘 중앙동길을 오랜만에 걸었다. 동료들과 야외 스케치라는 유쾌함과 즐거움도 있었지만, 한편 아련하고 아슴아슴한 감정이 겹쳤다. 뜻하지 않게 몽롱하고 아련한 시간 속이었다. 더러는 저세상으로 떠난 오래된 사람들의 그때는 미처 몰랐던 온기와 40년 전의 음식 냄새, 그리고 퇴근 무렵에 느끼던 낡은 외투 속의 체온과 어슴푸레하고 약간 푸르렀던 거리의 색깔. 모든 것을 생생하게 기억해내었다.

건널목 저편으로 보이는 '일광상사'는 제도용품을 판매하는 오래된 상사이다. 부산에서 지도를 판매하던 유일한 곳이기도 하다. 견습생 시절부터 이 집을 드나들었다. 얼른 사진을 찍고 그림을 그려두기로 하였다.

당시에 사용하던 0.2, 0.5밀리 로트링펜을 특별히 사용하고, 다른 그림보다 유달리 선에 더 신경을 썼다.

생각해 보니 그 시절의 젊음과 열정이 내 인생의 방향을 결정했다. 그리고 참 바쁘게 흘러버린 시간. 나는 그 시간을 느긋하게 다시 건너가 본

:: 부산 중앙동 4가

것이다. 참 다행인 것은 그 일광상사가 여전히 40년 전과 같은 모습으로 남아 있다는 것이었다. 속으로 외쳤다. "아~ 아날로그 파이팅!"

시간을 정지할 순 없을까? 불가능하지만 늘 아쉬운 바람이다. 흐르지 않는 시간은 어디에 존재할까? 내 마음속일까? 아니면 마음을 비운 후, 빈 가슴의 바깥에 있을까? 나는 그런 생각을 하면서 일광상사 앞 건널목을 건넜던 것 같다. 그래 맞아! 삶은 길과 같은 것이야. 건널목과 같이 가끔 멈추어야 하는 곳이 있고, 이내 또 바삐 걸어가야 해.

오랜 기억 속의 건널목 앞에 다시 선다. 그리고 신호등이 여러 번 바뀔 때까지 차마 건너지 못하고 오랜 생각에 잠긴다. 왜냐하면 이곳은 내가 살아온 터전 부산과 내 청춘이 치열하게 만난 한 지점이기 때문이다.

중앙공원에서의 생각

:: 부산 영주동

도시의 상징은 공원이라는 이름으로 도시를 품거나 때론 탑이나 전망대의 모습으로 우뚝하기 일쑤다. 다른 지역 사람들을 향해 가장 함축된 기호가 되는 그것, 거기엔 지역 특질이 표현되고 때에 따라서는 지역민의 염원이 담기기도 한다. 마치 '리우데자네이루의 예수상'이나 '도쿄 타워'에서처럼 어쩌면 도시의 기억은 그 선언적인 상징으로부터 시작되는 것일지도 모를 일이다.

아름다운 해변을 가진 것과 무역의 관문이라는 사실이 이 도시를 풍요롭게 가꾸었다면, 구국과 민주화의 과정은 시민의 뼈대를 더욱 견고하게 만들지 않았을까? 그러므로 부산 사람들이 '중앙'이라는 직설적 은유를 내걸고 이 아름다운 언덕을 오르내려야 하는 것은 먼바다를 건너는 연어의 회유만큼이나 자연스러운 일이다.

'충혼탑'에 이르는 길

높은 계단 혹은 병치된 긴 경사로를 걸어서 올라야 한다. 마침내 숨이 턱까지 차오를 무렵, 그것은 '숭고'라는 하나의 크고 명징한 단어로 쿵~ 하고 내 앞에 내려앉았다.

충혼탑의 감동적인 구축이 나와 같은 건축가에게 더욱 의미 있는 것은, 무엇보다도 한국 근현대 건축의 거장 김중업 선생이 남긴 조형이라는 데 있다. 엄격한 노출 콘크리트의 조형은 '유엔묘지 정문'과 더불어 선생이 부산에 남겨준 선물과도 같은 건축이다.

선생은 구국 혹은 애국 행위에 당면하려는 참배객들에게 "당신네는 그에 대한 감사의 뜻을 어떻게 표시하려는가?"라는 호된 질문을 던지고

싶었나 보다. 그래서일까. 통과의례와도 같은 '의식의 길'을 오르는 과
정이 그리 호락호락하지 않았다.

향을 사르는 일과 묵념을 하는 것만이 모두가 아니라, 숨을 할딱거리며
올라야 했던 이유가 또 있었다. 이곳에서 시가지를 바라보는 느낌은 '용
두산공원'의 전망대나 호텔의 스카이라운지에서 느끼는 가벼운 감동과
다른 것임을 알게 된다. 무릇 스스로 오르지 않고 내려다볼 대상이란 없
는 것이다.

:: 중앙공원에서 내려다보면 바다의 끝이 보인다.

마침내 탑을 뒤로하면 공원의 전역이 눈에 든다. 아래로 '민주항쟁기념관', '광복기념관' 건물을 포함하는 '민주공원'의 전모를 한눈에 바라보게됨으로써 이곳의 시공간적 의미를 짐작해 보는 것은 시민으로서 의미있는 일이다.

'민주항쟁기념관'의 가벽

현실이라는 벽을 통과하여 다른 세계로 잠시 들어가는 과정이 흥분과긴장의 연속이라면, 건축가는 문門이라는 건축적 어휘로 긴장을 이완시키기도 흥분을 부추기기도 한다. 그러므로 문門은 종종 시공간을 통제하는 하나의 개념이 된다.

'민주항쟁기념관'에 들어서려면 가림막처럼 둘러진 앞마당의 가벽을 지나야 한다. 벽이 중단되고 사각의 장치를 통과하면 문득 외부로부터 차단됨을 깨닫게 되고, 그 적요 속에 나의 사념은 1979년의 가을 온천장거리로 되돌아간다. 조형과 건축엔 아무런 강요된 장치가 없다. 그러나통과하는 순간 30여 년 전 '부마항쟁' 그 역사적 함성이 순식간에 내 귓가로 다가오며 내 피는 다시 끓기 시작했다.

사물을 보는 눈은 사람의 형편과 상황에 따라 다르므로, 누군가에게는문이 될 수 없는 그저 단절된 하나의 벽이기도 하다. 그러나 적어도 내게 있어서만큼은 광화문, 숭례문, 혹은 독립기념관 정문에 못지않은 훌륭한 문임이 틀림없었다. 그 치열했던 사건도 내 생애에서 하나의 문門이었을 것이다. 나는 '민주항쟁기념관' 가벽의 문門 안에서 몇 시간이고머물렀다.

소담한 '광복기념관'

공원의 한쪽에는 마치 공원관리소라고도 오해될 법한 소담한 건물이 하나 있다. 건축가 정연근이 설계한 '광복기념관'은 광복회에서 전시 목적으로 사용하는 건물이다. '부산 근대 역사관'과 이분되고 겹치는 자료여서 내용이 초라하다는 불만이 있겠다.

하지만 광복지사들의 후예들이 여전히 열정적으로 유지하려 애쓰는 것을 보면 역사와 그 평가란 그저 공으로 얻어지는 것이 아님을 알게 된다. 그러고 보면 이곳 또한 치열한 곳이다. 반면 느긋한 나로서는 이 작은 건축이 이루어낸 건축적 어휘들을 바라보는 재미가 쏠쏠했다고나 할까.

이처럼 '중앙공원'에는 환영과 희망이 뒤섞인다. 묻혀 있던 것에서 새로운 사실을 깨우치기도 하고 때론 잊고 있었던 아픈 마음을 새삼 건드리기도 한다. 격동의 시절을 보낸 사람들이 느리게 걸으며 회한에 잠기기도 하며 학습하는 아이들을 돌보는 선생님들의 입과 눈이 바쁘기도 하다.

도시는 액자 속에 잠길 풍경이 아니라 공이 굴러야 하는 운동장과 같은 곳이다. 지나간 글과 사진이 현존하는 말과 격이 없이 공존하는 이곳은 타 도시의 기념관들처럼 무거운 상념이 일방적으로 흐르지 않아서 좋다. 터를 잡기도 잘 잡았다. 어디를 향해서건 탁 트여 기氣가 돌고 늘 푸르러 가장 부산다운 곳임에 이론이 없다. 삶에 지치면 뜬금없이 올라와 먼바다를 향해 팔을 벌린다거나 옹기종기 앉은 집의 빨간 지붕을 관찰한다는 것은 이 도시 사람들이 누리는 정신의 풍요다. 그렇다면 가히 이곳은 부산의 상징이 될 만하지 않은가.

아미산 전망대

:: 부산 다대동

김호선 감독의 영화 〈겨울여자〉가 남포동 부영극장에서 공전의 히트를 치고 있었다. 눈 내리는 풍경이 있는 성탄절 카드를 주고받으며 난롯가에 둘러앉아 이성과의 새로운 만남 혹은 사귀던 여자친구와의 좀 더 진전된 관계를 저마다 고대하며 설레던 그런 계절이었다고나 할까. 여주인공이 군에 입대하는 남자를 전송하던 열차라든지, 겨울 나그네를 닮은 선배의 모습을 흠모하면서 서 있던 영화의 장면들이 스무 살 앳된 낭

만에 하염없이 불을 지폈다.

가슴속 열기를 차마 다 풀지 못하면, 우리는 마침내 강변으로 가곤 하였다. 그곳은 수시로 막차시간을 살펴야 하는, 도시이기보다는 오히려 강이나 바다에 속한 곳이어서 더욱더 격리감을 느끼던 곳이었다. 이름이 왜 '에덴공원'이었는지는 모른 채 말의 뉘앙스에 늘 가슴 설레었다. 영화 〈에덴의 동쪽〉을 떠올렸을까? 하기야 우리 중의 어떤 부류는 제임스 딘의 냉소적 표정에 한껏 심취해 있기도 하였다.

작은 발동기를 단 목선의 선주는 일행을 모래와 바람에 잘 견디는 키 낮은 풀들이 드문드문 있는 하얀 섬 '백합도'에 내려주었다. 섬으로 분류되었지만, 조수 간만으로 수시로 그 모습을 바꾸던 모래톱은 강의 밑바닥과 한가지로 연결되어 있어서 오히려 강의 일부라는 게 옳았다.
"섬은 고독이 아니라 비밀이다." 프랑스 작가 장 그르니에Jean Grenier의 말처럼, 발동기 선장과 타협할 때부터 이미 우리는 육지로부터 격리되었을 것이다. 그리하여 다시는 이 섬에 들지 못할 것 같은 예감에 쫓겨 온종일 새들의 흔적을 찾는 데에 분주하였다. 조개껍데기를 주우며 깔깔거리고 간혹 발견되는 하얀 돌을 주워 물수제비를 뜨면서 한나절을 해방감으로 보내던 우리는 로빈슨 크루소였다.

예감대로 장 그르니에 식의 비밀은 두 번 다시 오지 않았다. 그게 인생의 진짜 비밀이었다. 그러나 모래톱의 바람은 남포동의 열기와 함께 우리의 20대를 숙성시키던 것이어서, 겨울이 오면 어떤 그리움으로 화하여 지금의 나를 혼곤하게 덮치곤 한다.
30년을 훌쩍 넘긴 지금, 지하철 1호선에서 내려 강변을 따라 을숙도를 지나 다대포 쪽으로 걸으면 오른편에 백합도가 서서히 모습을 드러낸다. 그때 디뎠던 발의 촉감 대신에 새들이 내려앉는 모습으로 대개 섬의 위치와 크기를 짐작하는데 여전히 꽤 길었던 그 모래톱인 것을 알 수 있다.

오히려 큰 변화는 강의 왼편으로 고개를 돌리기 싫어진 것으로, "이곳에 왜 무지막지한 아파트 단지를 만들었지?"와 같은 도시적 건축적 견해가 내게 생긴 것이다. 그것은 아파트 때문에 더 하류로 밀려 내려가야만 하는 철새들의 고단한 날갯짓만큼이나 슬프고 안타까운 것이다.

아파트 사이를 돌아 언덕을 오르면, 한때 예배당보다 탐조探鳥의 장소로 더 이름을 날리던 '몰운대성당' 옆으로 칼처럼 뾰족한 현대식 건물이 하늘을 향해 머리를 세우고 있는데, 작지만 위세가 당당하여 좋은 건축의 풍모를 과시한다. 건축가 손숙희가 설계한 '아미산 전망대'이다.

나는 대체로 자연의 흐름에 거슬러 세워진 인공의 위세를 싫어한다. 그러나 몇 군데의 예외가 있다. 서울 한강변 절두산에 세워진 '김대건 기념관'과 리우데자네이루의 언덕에 세워진 예수상이 그렇다. 건축의 이미지를 압도하는 정신적 행위가 그 장소를 통해 이루어지기 때문이다.

탐조란 무척 의미 있는 행위이다. 새의 먹이 짓을 바라보는 것은 스스로의 삶을 애착하는 일이며, 계절에 따라 철새의 오고 감을 관찰하는 것은 인간의 시원을 사유케 하는 매우 철학적인 행위이다. 거기에 보태어서, 태양의 침잠이 모래톱 혹은 수면과 이루어내는 장엄한 낙조에 일순간 묻혀 보는 것은 우주의 한 점에 홀로 서 보는 생의 의미 있는 절차이리라.

그런 의미에서 이곳은 무척 매력적인 장소이다. 나는 아미산 전망대가 그런 인간적 의미의 시작으로, 그리고 철학적인 장소로 오래 남기를 희망한다. 그러면 비로소 빛나는 건축이 완성되는 것이다.

아미산 전망대의 위치가 절묘하다는 이유는 또 있다. 전망대에 오르면 하구로 하구로 쫓기는 철새와 그들을 밀어내면서 도시를 만들어가는 사람들의 입장이 동시에 이해된다.
낙동강의 물줄기를 인위적으로 막은 하구언의 을씨년스런 모습 앞으로 근년에 세운 명지대교가 강의 상하부를 가로지르고 있다. 위는 사람의 공간이고 아래는 새의 터전인 것이다. 강의 한편에서는 공단의 시설들이 공산품을 생산해내느라 분주하다. 그것들은 푸르고 붉은 말초적인

:: 아미산에서 바라보는 하구언 풍경

색상의 지붕을 이고 있다. 이곳에 서면 그 서글픈 공존이 한편의 추상화 같이 한눈에 든다.

슬픈 풍경이다. 전망대를 아름답게 구축하려 한 건축가에게는 미안한 일이지만, 거기에 건물을 구축하려 한 사실이 부끄러워지는 것 또한 사실이다. 위의 을숙도에 만든 에코eco를 표방한 시설물들이 새들이 더 아래로 옮김으로서 무용하게 되었듯이, 곧 백합도의 새들도 이 전망대에서 벗어나 더 남쪽으로 내려가리란 예감이 들기 때문이다.

그럼에도 이 장소가 거기에 있어야 함은 의미 있는 역설이다. 이곳은 도시가 어떤 식으로 존재해야 하는가를 생각게 하는 몇 안 되는 장소이기 때문이다. 철새 무리와 인간들이 몇십 년간 대화 없이 공존해온 현장을 바라보면서, 우리가 앞으로 땅, 물, 혹은 바다와 어떤 이야기를 나누어야 하는가에 대한 답을 거기서 찾을 수 있기 때문이다.

사람들은 살 만하니까 길을 닦고 자동차로 언덕에 올라 아메리카노 커피를 마시며 새들을 찾기 시작한 것이리라. 어쩌면 무성한 소문대로 온 김에 저녁놀이라도 보려는 심사인지도 모를 일이다. 그러나 새의 먹이 짓을 살피게 된 것은 얼마나 아름다운 일인가. 강을 내려다보는 사람들의 진지한 표정을 살피면, 백합도의 장래가 그리 어두운 것만은 아니지 싶다. 장 그르니에의 말이 영원히 유효하기를.

유엔묘지 정문에 서면

:: 부산 대연동

대연동의 기억은 아카시아 향기가 젊음을 더욱 들뜨게 하던 5월이 좋았
다. 느린 걸음으로 산의 구릉에 오르면, 멀리 해안에서 시작된 순풍이 산
의 중간점에 선 나를 향하여 연어 떼의 몸짓처럼 스멀스멀 거슬러 올라
왔다. 혹 짐작할 수 없는 서역으로부터 왔을지도 모를 그것은 묘역의 향

나무 군락과 연초록의 풀 향기에 섞이면서 나른하게 다가왔다. 나 또한 순한 바람이 되었다. 분명 그건 바람이었다. 이국의 냄새를 담은······.

아버지가 식구들을 이끌고 대연동 자락에 터전을 잡은 건, 질풍노도의 시기를 거치려던 내겐 행운이었을 것이다. 조카의 손을 잡고 뛰어다니던 동심이라든지 묘역의 푸른 잔디와 키 큰 나무들의 단정함으로 말미암아, 괜한 어긋남과 애써 고독해지려던 심사가 조금이나마 다독여졌다면 말이다. 고백컨대, 애국심을 고무하던 미국 영화 〈콰이강의 다리〉나 〈레마겐의 철교〉를 단체 관람시키던 시절이었으나 이국 병사의 죽음 따위엔 관심이 없었다.

청년 시절 이후로 밥 딜런과 존 바에즈의 반전운동에 심취하던 때가 있었고, 미국 영화 〈라이언 일병 구하기〉보다는 우리 영화 〈고지전〉이나 〈태극기 휘날리며〉 등속에 더 박수를 치면서부터, 군軍이란 인생을 소모하는 곳이라는 생각을 떨칠 수 없었다. 아버지가 된 이후로 입대入隊란 아이나 아비 모두에게 내키지 않은 채무에 불과했다.

그러던 내가 40년 후의 오늘, 아이의 입대를 앞두고 뜬금없이 이곳을 떠올렸다니. 아들 하나를 이미 군에 보내었지만, 둘째아이를 또 보내야 하는 아비의 심사가 얄궂다. 이국 병사들이 국가의 부름에 취하는 태도를 긍정해보려 하였을까? 아무튼 이 호국의 현장을 찾으려 하는 나의 심사가 오리무중이라고나 할까.

유엔묘지. 한국전쟁이 한창이던 1951년 유엔사령부가 전사한 유엔군의 유해를 묻었던 것을 시작으로, 최종적으로 미국, 영국, 터키 등 참전 11개국의 병사 유해 2,300구가 안장된 곳이다. 1964년경에 '추모관'과 부산

시민들이 모금한 돈으로 '정문'을 설립하였으며, 2007년 국제연합일UN-Day에 맞추어 국가 문화재로 등록된 것이 이 묘역의 간추린 역사이다.

유엔사령부 소유의 영역이니 엄밀히 말하자면, 대연동의 한 자락에 섬처럼 떠 있는 이국의 땅인 셈이다. 생각해 보니, 내 청년 시절에도 그 영역의 테두리 안은 이방의 장소였다. 청동색 덮개의 봉분이 없는 묘, 영어로 새겨진 이국 병사들의 이름, 연초록의 잔디와 단정하게 누운 철쭉과 회양목, 향나무 군락이 뿜어내던 짙은 향기, 그 위로 펄럭이던 이국의 깃발……. 이 모두가 그곳을 일상과 단절된 곳으로 만들었으니, 잠시 숨을 돌리며 잔디에 누워 하늘을 볼 수 있었던 나만의 장소이기도 하였다.

그 이후로 묘역 주변은 문화의 장소가 되었다. 인근에 박물관과 문화회관이 건립되고 근년에는 수목원이 새로이 조성되었으니, 묘역 주변은 부산 문화의 중요한 한 영역을 이루었다. 그리고 오늘 보니 묘역에 더 많은 건물과 조형물이 생기고 조원도 놀랄 만치 세련되게 가꾸어져 있다. 아름다운 곳이다.

내가 가끔 이곳을 찾는 또 다른 이유는 정문 아래에 잠시 머무는 희열 때문이었다. '유엔묘지 정문'은 불세출의 건축가 김중업의 작품이다. 청년이던 때에 내가 선생의 이름을 알지 못한 것과 하얀 기둥을 여인의 종아리쯤으로 본 일이 불행이라면, 다행인 것은 내가 건축을 직업으로 선택하여 선생의 작품을 우리 문화유산의 하나로 자부하게 된 것이다. 언감생심 선생의 의도를 넘겨짚어 보며 개인적인 사견 한 마디쯤을 사족으로 달게 되다니, 영광이다.

언뜻 보아도 색다른 건축이다. 어디서 본 듯하면서도 생소하게 느껴지는 문. 통과하는 모든 사람이 위아래를 두리번거린다.

선생이 의도한 건축의 선은 굵고 힘차며 거침이 없다. 흰색의 용마루가
그렇고, 튼튼하고 당당한 여덟 개의 기둥이 그렇다. 용머리의 끝은 하늘
로 치켜들고 처마의 선은 날아갈 듯 조선 여인의 치마 선과 같이 곱게
용머리와 한 방향을 지향하고 있으니, 이 둘은 부창부수다. 배흘림이 지
나쳐 일견 도자기 형상을 한 기둥은 머리에 무거운 짐을 지고도 하나도
버겁지 않고 사뿐거리는 여인의 몸매처럼 매끈하다.

더욱 절묘한 것은 무거운 지붕과 미끈한 기둥이 놀라우리만치 가볍게
만나고 있다는 것이다. 아래에서 올려다보면, 그 접합부가 연결되지 않
고 비어있음을 확인하는 순간 그만 숨이 막혀 버린다. 병사들의 눈물을
형상화하였다는 코끼리 코같이 삐져나온 모양의 물동이는 스승인 르 꼬
르뷔지에Le Corbusier, 1887~1965의 영향이 곡선으로 재해석된 것이다.

:: 유엔기념공원

1966년 선생은 이 자리에 절묘한 조형적 해석으로 매우 독창적인 한옥 한 채를 빚어 놓았다. 그러므로 나는 문 아래에서 한참의 시간을 보내야만 한다. 그 순간 나의 건축은 터무니없이 초라한 것이 되고 만다. 내겐 몇 안 되는 소중한 장소이다.

그러고 보면 나는 오늘 여러 가지를 위로받으러 이곳에 다시 온 것이다. 지루해진 일상을 털고 봄볕이라도 맞으려는 심사로, 이즈음 선생의 작품을 둘러봄으로써 나의 건축적 나태함을 채찍질해 보려는 것과 무엇보다도 아이를 입대시키기 전의 허전함이 추가되었다.
그리하여 오늘도 선생의 문 아래에서 이전처럼 오래 머물렀다. 문을 통과하여 잔디 위에 앉으니 어김없이 옛 기억이 새록새록 밀려든다. 회유回游하는 물고기가 보여주듯 장소란 그런 불변의 것이다. 다만 거기에서는 사람의 마음은 시시로 변하는 것이다. 세월이 나의 사유를 살지게 하여 오늘에 이르게 했다면 다행이다.

묘역의 주위를 거닌다. 이 땅 아래에서 진토가 되어간, 지금은 할아버지가 되었을 이국 병사들의 청동빛 명패는 40년이 지났으나 여전히 단단하고 확고하다. 잠시 그들의 이름을 읽어 본다. '존', '제임스', '술레이만', 한국병사 '김창욱'……. 나라와 인류를 향한 그들의 맹목적 순종은 그 실체가 무엇이었을까?
올려다본 오월이 푸르다. 끊임없이 펄럭이는 저 깃발은, 비로소 아이를 내 품에서 풀어 나라에 맡겨볼 요량을 키우라고 말하는 것일까.

일상의 길

:: 부산 남천동

당나라의 문호 한유가 창작에 대하여 두 가지 말을 하였다. 하나는 입언 入言으로 후세에 모범이 될 문장을 남기는 것이고, 다른 하나는 승어인勝 於人이니 남보다 뛰어나기 위함이다. 이런 글을 읽을 때마다 그 어느 것 도 이루지 못한 나는 그만 슬픈 처지가 되고 만다.

그때마다 어거지 몰골을 한 나는, 나의 애타는 공간에서 벗어나 마치 실 패한 내 인생의 궤적을 닮은 구불구불한 남천동 길을 걷는다. 그것은 아 침에 눈을 뜰 때마다 변하지 않은 사위를 매번 확인하는 과정을 닮았다 할까? 다람쥐 쳇바퀴처럼 연속적이고 지속적이다. 길이 길을 열어 줄 까? 혹여 그런 역설을 바라고 있을지도 모르겠다.

사람들이 "그따위의 것도 길이라고……"라며 웃어 버릴지도 모를 그런 평범한 길이다. 하지만 나는 그런 주장을 애써 무시하련다. 지난 어느 글에서, 이 길의 감동이 걸어가다 보면 바다가 화악 트이는 시야의 반전 이라든지 솔솔 풍겨오는 갯내음의 발견과 같은 것에 있음을 토로한 적 도 있지만, 오늘의 길은 그런 특별함에 얽매이지 않아도 좋다.

좁아서 어깨를 부딪혀도 내가 먼저 미안한 표정을 짓고, 차를 피해 곡예 걸음을 걷더라도 그저 피식 웃으며 여유를 부려보는 것이다. 고개를 올 려 건물의 높이에 감탄하지 않아도, 두리번거리며 유리창 속을 궁금해 하지 않아도 좋다. 그저 눈에 익은 건물과 그것들이 간간히 만들어 주는 오랜된 기억의 소환 같은 것에 나는 더 몰두한다.

그것이 설령 대문호가 지적한 무게로부터 탈피해 보려는 비겁한 절차라 비웃어도 나는 만족한다. 늘 새로워야 하는 건축가가 느끼는 오래되고 낡은 것들에 대한 기억과 포근함에 대한 그리움과 같은 것이라 할까? 몇 걸음 만에 내 어거지 몰골이 금방 화안하게 펴지는 기분을 느끼게 되 니 나의 주장에도 꽤 일리가 있다.

익은 것이 새것에 못 미친다고 어찌 말할까? 그리하여 지구단위 계획, 도시계획을 앞세운 신식 풍의 집들이 부러워하기보다는 지금은 내 걸음걸이에 더 열중하련다. 어떤 사람과 부딪히게 될까? 가게의 좌판에는 어제 보지 않은 어떤 물건들이 나왔을까? 이 야릇한 향기는 어디서 오는가? 그러다가 어느 모퉁이에 도달하면 어떤 회상에 잠겨, 이루지 못한 연가풍의 소설을 다시 그려본다.

무엇보다도 내 저의는 대가의 창작론에 어깃장을 질러 보려는 것이다. 어쩌면 내가 더 염두에 두어야 할 것은 몇 채의 새집이 아니라, 그 집들의 흥망과 소란, 명멸의 안타까움을 지켜보던 이 거리가 아니었던가. 오호라~ 더 본질적인 그것.

:: 길 가운데의 나무, 부산 남천동

광안리 풍경

:: 부산 광안리

부산 사람들에게 광안리 풍경 이야기는 떠꺼머리 총각 이웃집 강아지 부르듯 시큰둥하기 십상이니, 처음부터 글 읽을 사람이 부산 사람이 아니었으면 하는 마음이 든 것을 숨기지 못하겠다.

내가 자주 오르내리는 지하철 2호선 금련산역의 출구는 들어서자마자 갯내음이 퍼진다. 지상으로 나와 해조의 냄새가 나는 쪽으로 몸을 틀면 되니 초행길에 애써 방향을 가늠하지 않아도 되며, 곧이어 얕은 경사의 짧은 길이 걸음을 재촉하는, 그곳이 바로 광안리 바다이다.
행정구역상으로 민락동, 광안동, 남천동 세 개의 동에 걸쳐 있는 넓은 해안이니 굳이 이 길을 택하지 않고 남천동이나 민락동 쪽으로 접근해도 됨은 물론이다.
넓을 광廣, 편안할 안安이라는 지명을 오래도록 지니고 있었으니, 처음부터 넉넉하고 편안한 해안이었을 것이다.
지금의 남천동 삼익아파트가 있는 곳에 위치하던 곳과 민락동 백산 자락 사이의 우묵하게 파인 해변은 태초로부터 수영강의 퇴적 모래와 대연동못골 골짜기의 물이 어울려, 태평양 어느 곳으로부터 밀려왔을 법한 냉기를 품은 푸른 바닷물에 씻기고 섞이어 금빛 모래사장을 이루었을 것이 아닌가.
이 해안의 넉넉함은 또한 부산 주산의 하나인 황령산, 금련산으로 이어지는 큰 배경의 덕도 있으니, 지명의 유래에 의심의 여지가 없었다.

어디 모래사장이 모두였을까. 민락항과 남천항이라는 두 포구로 드나드는 고깃배가 이곳 사람들의 주된 삶의 근거였음을 짐작키 어렵지 않은 것은, 인구 350만을 넘나드는 거대도시에 여전히 1차산업의 근거인 어촌계가 존재함을 보면 알 수 있다.

산업이 진보하여, 노를 젓던 시대와 통통거리던 디젤 엔진의 어선에서 건져올린 고기가 아니라, 가두리 양식으로 사육된 양식어로 바뀌었다 하여 무엇이 문제가 될까? 여전히 광안리 해변의 어시장에는 싱싱한 숭어와 도다리, 농어가 펄떡펄떡 뛴다.

기실 이곳의 장소성은 해수욕장이라는 여유로운 단어에 보태어 포구라는 치열한 의미의 말이 어울려져야 완성된다. 두 항에는 여전히 회 센터들이 즐비하게 들어선 진보된 어촌의 모습을 이루면서, 광안리 해수욕장의 중요한 존립 터전을 이룬다. 그게 광안리의 진면목이다.

나는 세월이 흘러도 이 해변에서만큼은 격세지감을 느낀다고 말하지 않는다. 이곳의 변모는 마치 내가 나이가 들고 얼굴에 주름이 생기는 속도에 맞추기라도 하듯 실로 천천히 이루어졌으며 무척 자연스러운 것이라서, 나는 이 바다의 변모를 부정하거나 안타까워하지 않고 여전히 친구같이 곁에 선 풍경으로서 사랑하고 자랑한다)

개인적인 경험을 말하자면, 버스를 타고 황톳길로 서너 구역의 정류장을 거치면 당도하던 유년의 기억은 차치하고라도, 인근의 남천동에 신혼살림을 차렸던 무렵의 기억이 생생하다.

휴일의 새벽이면, 통통배의 어부들은 그물질한 고기들을 모래사장에 풀어놓고 헐값에 처분하고 동네 어른들이 한 바구니씩 물고기를 사던 풍경을 우리 부부는 그저 흥미롭게 지켜보았다. 그리고 해가 중천에 오를라치면, 던질낚시를 준비해온 중년의 아저씨들이 건져올린 도다리 새끼나 모래무지 따위의 물고기를 구경하며 휴일의 오전을 느리게 산책하곤 하였다.

그러던 해수욕장이 민락동 쪽을 매립하면서 높은 건물들이 하나둘씩 생기고, 해운대와 용호동을 가로지르는 광안대교가 생기면서 원경을 바꾸어 나가기 시작하였다. 지금은 해변의 양쪽으로 높은 건물들이 즐비하여 더욱 도시답고 세련된 풍경을 만들고 있다. 그럼에도 광안리 해변은 내게 예전의 느낌을 그대로 준다.

:: 광안리 야경

부산에는 해수욕장이 여럿 있다. 특히 해운대의 바닷가는 관광지로 특별 관리되었으며, 다대포와 송도는 방치되었다가 요즈음 들어서 재조명되는 데에 비하여, 광안리 해수욕장은 별다른 부침 없이 서서히 모습을 바꾸고 사람을 맞이했다.

나는 그런 느린 모색의 광안리가 좋았다. 그리하여 굳이 마음을 먹지 않고 무심히 둘러보아도 그때마다 바다와 모래와 포구는 그리 타락되거나 훼손되지 않았으며, 스스로 베풀 수 있는 만큼을 내게 나누어 주던 그 억지스럽지 않음이 좋았다고나 할까.

지난 5월의 어느 날, 나는 이 해변에 앉아 자리를 깔고 등을 태우고 있는 이국의 젊은 여성을 무심히 바라보고 있었다. 그때 하릴없는 내 앞으로 회색의 살진 비둘기 몇 마리가 먹이 찾기에 분주하였는데, 자세히 살피니 그 옆으로 서너 마리의 하얀 갈매기와 심지어 검고 흰 무늬의 까치마저 질세라 먹이 짓에 동참하고 있었다.

그리고 고개를 들어보니, 왼편으로 하늘 높은 줄 모르게 치솟은 고급 주거 빌딩이 있었고, 막연히 크다고 느끼던 광안대교는 오히려 가느다란 하나의 수평선이 되어 치열한 근경과 더불어 무척 편안한 원경으로 그려지고 있는 게 아닌가.

예의 광안리는 삶에 지쳐 바다로 나아간 나를 실망시키지 않았다. 이 해안에서 펼쳐지는 극단의 풍경에서 꿈같은 휴식에의 열망과 곧 이어질 삶의 치열을 동시에 느끼며, 나는 더욱더 이 바다를 사랑하기로 하였다. 그리고 수첩에다 글의 근간이 될 몇 가지 풍경들을 묘사해 놓았다.

연인들의 맨발에 잠시 패인 모래, 집에 갇힌 애완견들이 누리는 모처럼의 자유, 해양스포츠 학습에 열중하는 아이를 지켜보는 엄마의 노심초사, 이국 처녀의 노출을 몰래 주시하던 청년, 굉음을 내며 해변 처녀들의 눈길을 끌려는 부유해 뵈는 제트스키의 젊은이, 아마도 누군가 그 안에서 생선회와 샴페인을 즐기고 있을 흰색 요트, 갈매기가 비둘기 때문에 제 정체성을 잃어버리던 우스운 꼴, 던질낚시를 투척하는 노인이 미워 보이지 않던 일, 고등어에 쫓긴 멸치 떼를 상상해본 것, 바다가 잘 보이는 작은 원룸의 임대료를 추측해봄.

그리고 바닷가로 나아가 모래 위에 짤막하게 썼다. "이곳은 꽤 민주적인 곳." 잠시 후, 작은 물결이 내 발밑으로 밀려와 그 글을 지우고 갔다. 그런 해변이 잠시의 시간 동안 내 눈앞에 있었고, 시계를 본 나는 서둘러 내 방으로 돌아와 수첩의 묘사들을 근거로 글을 마무리하기로 하였다.

수영사적공원, 그 푸근한 손길로

:: 부산 수영동

거리를 걷다가 예상치 못한 풍경을 만나는 것은 큰 즐거움이다. 좋은 풍경은 인간을 근원으로 돌아가게 한다. 말하자면 본성의 회복과 같은 것이다. 도시 문명은 그러한 갈망을 위하여 여러 가지 장치를 고안하였는데, 그 중의 하나가 도시공원이다. 그러므로 도시공원은 지친 일상에 잠시의 여유를 제공하는 단비와 같은 것이다.

내가 잠시 서보는 자리가 나무이고 물이며, 그들의 합체가 하나의 그림을 이룬다면, 그 앞에서 삶이 고되다는 푸념은 어느새 잊히고, 돌아설 즈음이면 새로운 각오 하나쯤 새기게 된다.

'수영사적공원'이 예상치 않은 곳에 있음은 다행인가 불행인가? 이 작은 공원은 큰 숲으로 격리된 여느 잘 조성된 공원과 달리 치열하게 펼쳐지는 삶의 터전 한복판에서 소시민의 숨결과 리듬을 같이하고 있다. 아무래도 시장팔도시장의 사람을 닮아 수더분하다는 표현이 옳겠다.

시의 예산이 충분히 닿지 못한 탓이 더 클 테지만, 지나치게 세련된 공원으로 조성되었더라면 공원을 묘사하려는 나의 노력은 그저 세련미에 대한 공치사에 머물렀을 터이니, 그러한 수더분함이 오히려 전화위복이 된 셈이다. 말하자면, 화장하지 않은 아낙이거나 둥근 뿔테 안경을 걸친 노인, 그렇지 않으면 실직의 고통에서 잠시 빠져나온 노총각의 운동복 차림의 어슬렁거림이 더욱 어울리는 그러한 장소이더란 것이다.

생각해보면, 삶이란 늘 그렇게 아슬아슬하고 초라한 모습의 연속이다. 구두에 광을 내고, 잘 다림질된 외출복을 차려입고 선글라스라도 걸칠 수 있는 날이 몇이나 될까? 그렇다면 진정한 휴식이 어디에 있어야 하는가가 분명해진다. 거칠고 정리되지 않았다 하여 의미를 과소평가할 수 없는 것이다.

사람이 디디고 선 장소의 의미란 사람의 일생만큼이나 짙고 끈끈한 것이다. 사적史蹟이란 현재의 단어이다. 그러나 그곳에 앉아 잠시 생각하면, 그 현장이 과거에도 지금과 다름없이 치열한 현장이었음을 알게 된다.

그러한 치열함은 그 시대의 선비이거나 장군이거나 어부라고 하여 다를 바가 있었을까. 또한 군주의 시대든 시민의 시대든 그 중심에 사람이 있어야 한다는 진실을 어찌 거스를까. 어느 하나 밑에서 밟히고 위에서 군림할 수 없이 공평해야 하는 것이 인생이더란 말이다.

그곳, 사적 주위엔 여전히 삶의 다양한 모습이 펼쳐져 있고, 삶이든 사적이든 마땅히 거기에 있어야만 했던 것이 민주적인 이 터의 진면목이다.

나는 그러한 평등과 민주에 대한 열망이 꿈틀대면 팔도시장의 번잡한 거리를 거슬러 난전의 푸성귀와 어물전의 비린내를 기꺼이 맡아내며 어묵 꼬치 한 점 베어 무는 이유를 부려가며 수영사적공원의 정문을 향한다.

수영동곰솔나무천년기념물 270호에 붙은 늦여름 매미 소리가 시장의 소란을 압도할 즈음이면 나무 아래로 어김없이 베잠방이 차림의 노인 몇몇이 눈에 들기 시작한다. 가끔 지난밤 이슬에도 불구하고 푸조나무천연기념물 311호 아래를 침소로 정한 노숙자들의 무표정이 보인들 어떠리. 저나 나나 피차 신경을 쓰지 않아도 되니 얼마나 다행인가.

이곳에 매료되어 근처를 거처로 정한 시인 최영철은 "품이 넓고 부드러운 푸조나무가 할머니라면 기상이 높고 든든한 곰솔은 할아버지다."라고 말했다. 이 주변의 언덕 어디에서 군주를 향한 노래를 지어 올린 동래 정씨 선비의 삶 또한 치열했다. 그 사모의 곡은 구전되어 공원 구석구석 시민의 자부심이 되어 흐르고 있으니 아무래도 이곳이 예사로운 곳은 아닐지어라.

내님믈 그리자와 우니다니

산졉동새 난 이슷요이다

아니시며 거츠르신 아으

잔월효성殘月曉星이 아시리이다

넉시라도 님은 대 녀져라 아으

벼기더시니 뉘러시니잇가

과過도 허믈도 천만千萬 업소이다

힛마러신뎌

읏브뎌 아으

니미 나 마 니 시니잇가

아소 님하 도람 드르샤 괴오쇼셔

- 정서(鄭敍)의 고려가요, 정과정곡(鄭瓜亭曲)

조선 후기의 어부 안용복이 일본의 막부에서 울릉도와 독도가 우리 땅임을 확인받은 사실은 차라리 진부한 이야기가 되어 버렸지만, 그 애국충절이 지금까지 이곳과 수영강에 도도히 흐르면서 국제외교 질서의 중요한 가늠자가 되고 있음은 이곳 사람들의 자부심이 아니고 무엇이겠는가. 그 꼿꼿한 정신이 부산 시민에 의하여 고스란히 배향되어 공원의 핵심을 이루고 있다.

하지만 무엇보다도 의미를 더하는 것은 중요무형문화재 수영야류수영동에 전승되는 탈놀이의 터전이 이곳이란 점이다. 이 문화적인 유희만큼 시민의 생활과 의식을 풍자적으로 표현된 예가 있었을까. 그렇듯 사적공원은 문화의 보존과 맥의 전승에 묵묵히 제 역할을 다하고 있다.

따지고 보면, 수영사적공원의 외형적 단장과 정신의 고양에 품격을 더할 이유는 이 외에도 충분하다. 이는 수영구민과 부산시민의 오랜 열망이다. 그러나 지금의 모습이 그리 세련되지 못함과 삶의 터전에 밀려 영역이 축소되어 소공원의 풍모에 그쳤다 하더라도 나는 불만하지 않겠다.

:: 안용복 사당과 수영야류

작위된 보여주기가 아닌, 그저 시민의 곁에 어울렁더울렁 어울려 있는 터의 수더분한 모습이 그 어느 세련된 조원造園보다 값있는 것이라는 생각과 그러한 편안함이 진정한 도시공원의 가치임을 알기 때문이다.

그리하여 삶에 지칠 때면 소주 한잔 걸치고 공원에 들게 된다. 몇 걸음 옮기지 않아 수백 년을 지나온 나무의 정령과 옛사람들의 혼을 고스란히 만나게 되니 어찌 위안이 되지 않을까. 그 위대한 정신들이 하나도 위압적이지 않으며, 차라리 포근하여 어머니의 손길처럼 지친 나의 어깨를 슬며시 쓰다듬어 주니 말이다.
그때마다 나는 이런 모습의 공원을 참된 시민공원이라 주장하게 된다.

범어사에 가면

:: 부산 청룡동

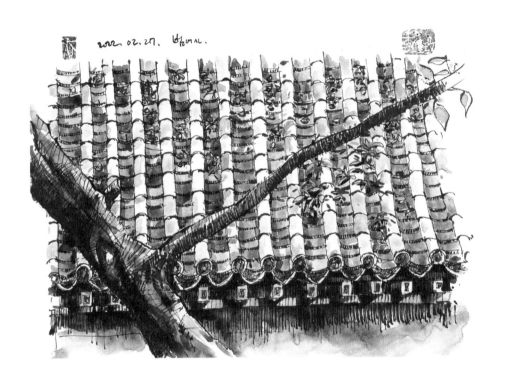

2022. 02. 27. 범어사.

지하철 1호선에서 내려 느린 걸음으로 금정산에 들라. 갑남을녀의 기원이 주저리주저리 스몄던 천년의 숲은 여전히 짙고 깊으며, 이따금 몸을 감싸는 분기탱천 무림의 기운은 또 어쩔 것인가. 고승의 목탁소리 들릴 즈음, 문득 뒤를 돌아보면 물가에 내어놓은 어린 자식 돌보듯 헤아릴 수 없는 자비로 항도의 사람들과 앞바다를 넉넉하게 품고 있더란 말이다.

척 보아도 대찰이었다.

바래고 구겨졌지만, 사진엔 금정산이 원경으로 떡 버티고 있고, 그 앞으로 대웅전과 돌계단으로 이어진 마당에 특이한 배치로 서 있는 통일신라식의 3층 석탑 옆으로 우리 네 식구가 제각각의 자세로 서 있다. 40대 초반인 정장 차림의 아버지와 파마머리의 어머니는 동생을 안고 있으며, 그 곁에 내가 플라스틱제 모형 배를 보물처럼 안고 엉성하게 서 있으니, 아마도 여섯 번째쯤 맞는 생일 정도가 아니었을까? 어쨌든 부모님을 추억하기에 부족함이 없을뿐더러 언젠가부터 나의 건축이 이 지점으로부터 출발하게 되었다고 억지주장하는 사진 한 장이 있다.

영화 〈와호장룡〉에서 내게 깊은 인상을 남긴 것은 배우 주윤발과 장쯔이가 무예를 겨루던 대숲의 장면이다. DVD를 구했던 그 여름 이후로 도대체 몇 번을 더 보았는지 모르겠다. 하지만 내용이 가물가물하니 아무래도 나는 영화의 색과 음만 집요하게 보았음이 분명하다.

초록의 장죽長竹이 이루어내는 탄성의 곡선과 흰 도포의 두 점이 섞이는 리듬에 넋이 빠져 있었으니, 그들이 펼치는 무예가 복수였는지 애정행각이었는지 그게 무어 그리 중요했을까? 나는 그때마다 오로지 범어사의 대숲을 그리곤 했다. 그리고 이어진 장면은 예의 그 가족사진이었으니, 사람을 침묵하게 하는 것 또한 영화의 힘이라 생각했다.

그리하여 어떤 그리움이 물밀듯 솟구치면 범어사로 달렸다. 일주문을 통과하고 천왕문을 지나 불이문에 이르면 푸르고 높은 대숲이 하늘로 곧게 펼쳐지는데, 마치 영화에서처럼 잠시의 침묵으로 혼자만의 행복에 빠져들었으나 마침내 그 공간이 나의 온몸을 지배해 버렸다.

흥분으로 '보제루'를 통과하여 마당 오른편으로 돌면 대숲은 더욱 짙어지고 나는 더욱더 영화의 장면과 혼동하였다.

끌리듯 우측을 돌아 마침내 너른 앞마당에 가부좌를 튼 무서운 모습의 부처와 맞닥트리면, 내가 주윤발의 무예와 범어사를 연관시킨 이유가 꼭 대숲만이 아니었다는 것을 알 수 있었다.

학동 시절 무협지에 빠져 있던 청맹과니 우리에겐 이런 소문이 돌았다.

"범어사에 가면 머리를 빡빡 민 도사들이 낮에는 쥐 죽은 듯 있다가 밤이 되면 모두 나타나 절 담장을 따라서 발을 땅에 딛지 않고 걸어 다니고 때론 하늘을 날기도 하는데, 무서워서 눈을 똑바로 뜨고 볼 수 없다더라." 중국식으로 말하여 무림의 고수들이었고 그 소문의 '청련암'은

:: 범어사 불이문

실재하고 있었으니, 범어사는 신라 문무왕678년 때 의상대사가 화엄 10
찰의 하나로 창건한 이래로 호국의 도량이더란 말이다.

아서라. 이런 에피소드 따위를 들먹이다니. 범어사의 공간과 역사를 이
야기하기에 나의 관찰력과 식견은 터무니없이 부족하므로 독자를 위하
여 범어사에 대하여 특별한 애정을 지닌 몇몇 건축학자들의 표현을 빌
림이 옳겠다. 부산대학교 이동언 교수는 일주문에 대하여 썼다. 참으로
아름다운 관찰이 아닌가.

> 정작 그림인지 아니면 배경인지 모르게 숲과 동화되어, 일주문을 이루는
> 돌, 나무, 기와 그리고 숲이라는 악기들로 구성된 한 무리의 오케스트라
> 같다. 말하자면 건축과 자연이 상호 관입되어 혼연으로 이룬 공간이다.
> 마침내 일주문과 악수를 나누어 보는데, 일주문이 나를 만지는 듯하여 순
> 식간에 하나가 된 느낌을 받았다.

내게 '와호장룡'을 연상시켜주던 공간에 대하여 한국예술종합학교 김봉
렬 교수는 이렇게 기술해 놓았다.

> 천왕문을 지나 불이문으로 이르는 길은 짧지만 길고, 굽었으되 곧아 보이
> 는 끝도 모를 계단이 계속된다. 이 장면은 한국 불교 건축이 성취한 가장
> 뛰어난 모습으로 한국적 미학의 극치이다.

그러나 지금은 볼 수 없게 되었다. 불행하게도 2010년 화재사건으로 천
왕문과 그 주변의 숲은 소실되고 말았으니, 나는 개인적인 큰 즐거움 하
나를 잃은 것이다.

또한, 부산대학교 서치상 교수는 어느 글에서 범어사의 올바른 복원을 제안하기도 하였다.

일제 강점기를 거치면서 범어사 경내의 배치가 변형되거나, 조원의 구성, 루와 담의 축성법에 이르기까지 일제의 훼손이 극을 달했다. 특히 '보제루'의 심각한 변형은 일제 잔재의 극치이며 마땅히 바로잡아야 한다.

지금의 범어사는 부산하다. 여러 이유로 치유의 진통을 겪는 중이다. 화재로 소실된 천왕문이 막 복원되었고, 천왕문에서 보제루에 이르기까지의 공간도 의상대사로부터 시작된 호국의 정기를 지닌 공간으로 되살아나기에 여념이 없다. 슬픔에서 잉태한 아름다움이 더 고귀한 법이다.
하지만 내게 범어사는 여전히 특별하다. 건축학도 시절, 관념 덩어리이던 공간의 정의를 이 사찰의 어느 장소에서 봄으로서 오롯이 확인하였으니, 내 건축의 시작은 범어사에서 찍은 사진 한 장으로부터였다고 억지 인연론을 주장하게 된 것이다.
그리하여 30년이 지나 복원의 현장을 둘러보며 간절히 빌었다. 새로이 탄생하는 범어사의 공간 또한 푸릇푸릇한 나의 후배들에게 의미 있는 하나의 장소가 될 수 있기를.

※ 이 글을 쓴 몇 해 후, 범어사의 천황문, 불이문, 보제루는 수리 복원되었다.

문탠로드 숲에서

:: 부산 해운대

문탠로드해운대 달맞이 언덕의 숲과 인공으로 꾸민 산책로 숲에 서면, 간혹 보이는 검은 비닐봉지와 경사 10°도 채 안 되는 숲길에서 숨을 헐떡이는 나의 부실을 제외하고는 모두가 긍정적이다. 사람들은 대체로 둘씩 걸으면서 입을 한시도 쉬지 않는다. 집에서도 입과 귀가 저리 분주했을까? 그 분주의 흥분으로 말미암아 가끔 걸음이 꼬이기도 하는데, 이 엇박자 또한 환희의 리듬이다.

갑자기 와글거려 살피면 교과서 없는 수업이 숲속에서 펼치고 있다. 말그대로 자유이며 학습하는 학생들은 여전히 핸드폰 액정을 쳐다보지만, 간간이 파도 소리와 숲이 두런거리는 소리에 귀 기울이려 고개를 들기도 한다. 핸드폰을 들여다보는 횟수가 분명히 숲으로 들어올 때보다 잦아졌으니 이 생각 있는 선생님께서 펼치는 묵언의 수업 또한 매우 긍정적이다.

연분홍 재킷의 부인과 물색 운동복을 걸친 남편이 길 위의 벤치에 오래전부터 앉아 있었고 내가 그 자리로 향하니 "우리! 이제 일어나지." 하고 자리를 비킨다. 애쓰지 않아도 내 자리가 생겼다. 숲 밖에서는 좀체 없던 일이다. 옆의 벤치에는 늙은 아버지와 중년의 아들이 앉았는데, 주식에 관하여 이야기를 하면서도 그리 심각해 보이지 않다. 그저 주가가 많이 내리지만 않았으면 다행이라는 이야기 정도가 아닐까. 나는 세상의 소요가 늘 그런 정도이길 바랐다.

사람들은 바다를 향하여 트인 장소를 만들고 의자를 놓았다. 나는 눈부신 바다에서 가급적 멀리 앉기로 하였다. 바다를 바라보는 일보다 숲을 느끼는 시간이 훨씬 좋았다. 숲의 기억은 숲에서 떠올리는 게 정확하다.

샛바람에 부딪히는 솔잎의 수런거림과 할머니가 '갈비'라고 부른 솔 낙엽의 푹신거림이 공존하던 그런 곰솔 숲에 든 것은 태어나서 처음으로 겪는 다른 세계로의 이동경험이었다. 빛과 냄새와 촉감이 순간 바뀌어서 어서 빠져나가야지 했지만, 숲은 나를 점점 깊이 빨아들였다.

그러나 막상 시간이 흐르면서 오히려 앉고 싶기도 하였으니, 숲은 무서움과 편안함과 그 외의 것들이 적절하게 섞인 다중인격체였다. 숲은 나의 키보다 몇십 배의 높이에서 나를 내려다보고 있었으나, 무섬증이 많던 그때 올려다볼 용기를 준 것은 오히려 그 숲의 정점이었다. 세상에 크고 높은 것이 있음을 그때 알았다.

때론 혼자였으므로 숲에서의 모든 느낌은 더 세밀하였다. 나무와 그의 지휘하에 있는 눈에 보이지 않는 많은 것들은 언제든지 나를 두려움으로부터 무장해제시키는 데에 열중하였다. 숲은 먼저 그들이 입은 것과 같은 종류의 서늘한 공기 옷을 재빨리 내게 갈아 입혔다.

그리고 보이지 않게 움직이던 것들이 있었음을 알게 된다. 땅에 뿌리를 박고 있던 것들을 포함하여 그것들은 순한 것들이었다. 잠시 소리를 죽이다가 나의 선함을 확인하고 다시 평소의 두런거림으로 돌아가는 것이었다. 가끔 풀무치와 귀뚜라미 같은 미물들이 은근슬쩍 제 모습을 내게 보였고, 그것들을 가까이서 보려고 깡총거리던 나의 발걸음마저 같이 어울려 점점 하나의 숲이 되고 있었다.

더 깊이 들어 사위가 어두워지면 무섬증 또한 커졌으나, 다행인 것은 하얀 띠 모양으로 길게 뻗은 뿌연 직선을 따라가면 곧 밝은 세상이 나타나는 어떤 확신을 믿게 된 것이다. 숲에는 어둠과 빛이 항시 공존하므로 잠시 어두워져도 그리 놀랄 일이 아니란 것을 일깨워준 경험이었다.

깊으면 깊을수록 무수한 빛과 소리가 명멸하였는데 그건 확연히 다른 세상이었다. 몇몇 새소리와 풀벌레 소리는 해가 가면서 익숙해졌지만, 끝내 알 수 없는 소리가 더 많았다. 또 잠시 정신을 팔면 그 많던 소리는 일시에 사라지고 한없이 적막함이 찾아드는 곳이 숲이었다.

그러한 적막은 적당할 즈음에 끝없이 나아가던 나의 상상을 제어시키려 가슴을 쿵 내려 앉게도 만들었다. 소꼴을 먹이고 있을 때에는 정신을 팔지 말아야겠다고 원망하던 그런 적막함이었다. 그러나 다음날이면 그 적막함이 다시 그리워서 반대편의 숲에서 또 정신을 팔곤 하였다. 그런 감정의 반복은 순진하고 맑은 것이었다.

철이 든 이후의 숲은 이랬다. 언젠가 금강식물원에서 남긴 스케치를 보면, "숲은 장엄함이다. 나는 비록 작지만 내가 그 속에 있으므로 더불어 장엄할 수 있다."라고 썼다. 내가 숲을 숲이라 부를 수 있음은 그 안에 내가 있을 때였다. 오로지 그때만 숲이라 부르는 것이 맞고, 숲 밖에서 그렇게 부를 숲을 나는 아직 보지 못하였다.

혹 아마존의 상공에서 떠 있다고 가정하여, 내 수평의 시계가 그 숲을 짐작할 수 없을 때는 그렇게 부를지도 모른다. 그건 나의 경험이 일천한 탓이다. 혹은 나의 관점이 아직 우주적이지 못한 탓이기도 하겠다. 하지만 딱히 욕심내지 않는다. 아무리 작은 숲이라도 내가 숲속에 들어서면 숲은 곧 내가 포함된 하나의 실존으로서의 거대한 숲으로 형성되기 때문이다.

숲은 나를 온전히 품어줌으로써 유일하게 나의 정신 체계를 제압할 자격이 있는 곳이다. 그리하여 나는 숲의 크기를 논하지 않는다. 내가 자주 드나드는 작은 숲이 비록 인공이며 작위적이라는 선입견에서 시작되었다 하더라도 숲은 늘 인공이길 거부하는 몸짓을 내게 보여줌으로써 아무 문제가 아님을 깨닫게 한다.

세밀히 보면 사람들이 심은 나무는 느린 속도로 서서히 서서히 인공으로부터 회향하여 숲을 이루어간다. 그리하여 사람들은 숲을 가꾼다고 말하지만, 실은 숲이 스스로 일어나는 것이다. 숲은 작아도 숲이고 커도 생각하는 만큼의 숲이다.

그런 의미에서 도시의 숲도 얕볼 일이 아니다. 도시의 숲은 사람의 손길이 많이 닿아 그저 그럴 것 같지만, 나는 오늘 곳곳에서 숲의 반항을 읽었다. 사람들이 아무리 가꾸어 놓아도 숲은 제 본연의 모습으로 회향하는 능력이 있다. 숲은 숲인 것이다.

:: 문탠로드 숲속

그러고 보면 오늘 숲에서 만난 그 모두 중에서 숲이 가장 긍정적이다. 오늘의 이 '문탠로드'의 작은 숲도 내게는 어김없이 장엄한 숲이다. 굳이 사람과 바다의 도움이 아니더라도 숲이 스스로 힘으로 일어나고 있음을 알았기 때문이다.

가끔 숲에 들어야 함은 삶의 의미 있는 절차다. 다만 내가 더욱 온전하게 이 숲과 어울리지 못했다면 좀체 근원으로 회향하지 못하는, 말하자면 삶의 작은 부스러기를 향한 나의 욕심 때문이다. 사실은 더 많은 원시적인 생각과 감각을 대범하게 숲과 공유하여야 옳다.

숲과 맞설 자격이 아직도 부족한 것이다. 무던히 글을 쓰고 책을 읽지만, 본연을 찾아내기가 그리 쉽던가. 그리하여 아직 내가 숲에 더 오래 머물기를 바란다면 그건 그런 온전한 회향에로의 갈망이다.

저만치 등산복을 제대로 갖춰 입은 중년의 부부가 온다. 이제 내가 자리를 비킬 차례다. 오르막길을 오르다 위의 길을 쳐다보니 야생고양이 한 마리가 얼음이 된 채로 나를 내려다본다. 숲에서 만난 놈치고는 토실토실 살이 올라 혹 다이어트용 산책을 하러 나왔다가 길을 잃고 내가 얼마 전까지 저와 함께 기거하던 사람이나 아닐까 쳐다보는 중인지도 모른다. 내가 먼저 눈을 돌리고 말았다. 저는 목적이 있었겠으나 나는 우연히 본 것이므로 내가 먼저 눈을 돌리는 게 맞다. 내가 오늘 이루려던 것도 목적 없이 사물을 관찰하는 연습이 아니었던가. 하지만 그게 그리 쉽지 않았다.

나는 곧 숲을 벗어날 궁리를 하는 중이다. 그 와중에도 저놈이 다이어트를 마치고 살이 내리더라도 산 밖으로 나오는 일이 없기를 바라고 있었다. 숲을 되돌아본다. 숲에 앉아 그대로 숲이 된 사람은 있을까?

청사포에 부는 바람

:: 부산 중동

2021.09.06 ㄴ 'ᴊᴍ'

갯마을 사람들은 무시로 고개를 들어 재 너머를 바라본다. 등 뒤로 넓고
푸른 바다가 펼쳐져 있건만 반대 방향을 향한 그것은 동경이며 그리움
이었으리라. 밖으로의 통로인 거기, 재를 넘어온 사람들도 한눈에 마을
을 담았을 것이니 유일한 소통의 창구이지 않았을까?

남해의 가천 다랭이마을로 드는 초입에서의 느낌이 이와 같았다. 거기

나 여기나 길이 넓어지고 자동차가 늘었으니 외지인들의 손길이 드세어
지고 토박이의 인심 또한 예전 같지 않음을 어찌 탓하랴. 갯마을로 드는
초입에서는 늘 그런 아쉬움에 휩싸이니 아마도 또 다른 갯마을 출신인
나의 숙명이 아닐까 한다.
그럼에도 내가 예전 못지않게 이곳을 자주 드나드는 이유는 풍광이 마
음을 끌었다든지 특산물에 매료된 것이 아니라 오히려 그곳의 친근과
소박함에 있다. 넉넉히 30분만 더 투자하면 도시에서의 푸념 따위는 쉬
이 잊을 수 있는 지근의 거리에 있기도 하고, 호기라도 부려 조개구이에
소주 한잔 기울이면 잠시 배포가 부풀기도 하는 그런 곳이기 때문이다.

나의 동경에 일조한 것은 마을의 이름이 아니었을까? 청사포淸砂浦, 한

자의 뜻을 유추하면 푸른 모래 언덕의 마을쯤으로 생각했다. 그도 그럴 것이 초입의 언덕에서 내려다보면 온통 푸른 바다의 빛깔이 시계를 점령해 버린다. 필시 금빛 모래가 지천이던 시절도 있었으리라.

청사포淸蛇浦라는 다른 이름이 유래되기도 한다. 용왕이 보낸 푸른 뱀이 기다리던 여인을 남편에게 데려다주었다는 전설은 이곳이 여지없이 무서운 바다와 싸워야 하는 남정네들의 삶의 터전이며, 숙명처럼 그들을 기다려야만 했던 아낙들의 인고와 그리움이 수백 년에 걸쳐 쌓이고 묵혀온 곳임을 말한다.

그런 생각을 뒤로 하고 구불구불 급경사의 옛길을 조심해서 내려가면, 이제 기차가 다니지 않는 동해남부선 길을 건너고 방파제를 지나 바다

2023. 06. 07. Lim.

에 다다른다. 마치 계단을 내려가 지하의 어느 곳에 함몰된 듯 오묘한 안온함이 온몸을 스치는 순간, 마침내 도시의 틀에서 무장해제된 나는 온전히 바다로 스며든다. 늘 그리던 투명함과 푸름에 한껏 빠지기도, 등대 너머 동해의 물살을 헤쳐 보기도 하고, 마음이 더 부풀면 태평양에서 불어오는 훈풍에 실려 먼 이국땅에 다다르기도 한다.

나만 그럴까? 어머니의 손을 잡은 아이들은 서로 경쟁하듯 깔깔대고, 행인의 시선 피한 연인들은 몸을 더욱 밀착한다. 낚싯대를 던진 중년의 표정이 오랜만에 밝아졌고, 바라보는 아내의 눈길이 처녀처럼 곱다.

어쩌면 나는 그런 표정들을 관찰하며 나를 위안하기 위하여 이곳에 오는 것일지도 모른다. 내 집에서 30십 분의 거리에 이곳이 있다는 것은 얼마나 행복한 일인가.

이곳이 나의 마음에 드는 것은 아직 상업의 때가 덜 묻었다는 데에도 있다. 도심에 가까이 있으면서도 보기 드물게 개발이 늦다. 하지만 안타깝게도 개발의 바람이 늘 도사리고 있는 곳이기도 하다. 왼쪽의 송정 구덕포와 오른쪽의 해운대 미포와 함께 삼포三浦라 불리면서 누군가가 개발의 시기를 호시탐탐 노린다고 할까?

동해남부선 철로가 걷히고 그곳에 해변길이 들어선다면 어떻게 변할까? 산책길이 아니라 자동차 길로 변해 버리면 어떻게 될까? 그리하여 못된 것들이 어둠을 업고 스멀스멀 숨어드는 장소로 변하면 어찌될까? 상상이 마음을 얄궂게 한다.

나는 이곳에 들어서는 찻집은 초록이나 갈색의 알파벳 이름을 단 이름 난 브랜드의 커피숍이 아니었으면 한다. 주인이 손수 만든 간판이 해풍에 달랑거리는, 테이블이 너덧 개 놓인 작은 커피숍에서 잠시 시간을 낸 연인들이 어깨를 기대며 휴식하였으면 한다.

그리 비싸지 않은 가격으로 조개와 장어를 실컷 구워 먹을 수 있는 곳이 더러 있었으면 한다. 가족이 대부분인 손님들 사이에서 소주 한잔 들이켜며 오랜만에 호기를 부리는 중년의 모습이 백열등 불빛 사이로 간간이 비쳤으면 한다.

나는 이 마을이 좀 덜 세련된 모습을 여전히 간직하길 바란다. 오래된 작은 집들이 조금씩 수선되어 불편하지 않았으면 하고, 길이 깨끗해지고 불이 더 밝았으면 하는 마을 사람들의 염원이 차츰 받아들여지는 그런 마을이었으면 좋겠다. 그리하여 바다를 삶의 터전으로 삼아온 이곳 사람들이 바다를 등지고 고개 너머로 이사 가는 일은 더더욱 없었으면 좋겠다.

또한 동네 한복판 300년 망부송亡夫松에 이따금 걸리는 빨간 파란 리본이 내일 아침에도 펄럭였으면 한다. 그리하여 지나는 아낙과 사내들이 문득 사랑과 그리움, 심지어 운명 따위에 대하여 설왕설래 떠들었으면 한다.

무엇보다도 나 같은 사람의 이러한 염원이 현실적이지도 영원하지도 못할 일이라 하여 탓하고 조롱하는 야박하고 현실적인 세상이 아니었으면 하는 마음이 먼저이다.

수평을 배우는 일

:: 부산 청사포

바다를 그리는 일은 그 위에 나를 눕히고 수평을 배우는 일이다. 때론 물 위에 나를 띄워 내 안을 들여다보는 일이 되기도 한다.

청사포 바다, 그곳에 가면 나는 고개를 떨구어 위를 쳐다보는 일을 멈추고 오로지 바다에 몰두한다. 어느 날 난쟁이 마을에 나타난 키다리처럼 을씨년스럽게 들어앉은, 이 순한 바다와 어울리지 않는 모든 잡다한 것들을 기꺼이 외면하려는 것이다.

꽤 오래전, 고개 너머에 터가 닦이고 수평과 수직이 무질서하게 난립하고부터였나 보다. 유례없는 부조화가 도시를 점령하기 시작하였고, 나 또한 광대처럼 환락에 동참하여 대열에서 춤을 추고 독주를 마셨다.

그리하여 청사포 고개를 넘는 나는 마치 자유를 얻은 새의 활강처럼 바다를 향해 달려 내려간다. 그 일은 내가 지난 환락에서 깨어나는 애절한 방법이다. 무질서에 대한 능동적 외면은 그러한 만큼의 평정을 불러오고, 그 안온 속에서 잃어버린 나를 다시 깨운다. 너는 애초에 무엇이었느냐?

잠시 후, 짙은 바닷속에 잠겨 잊힌 것들이 모두 수면 위로 떠오르고 나는 환희에 몸을 떤다. 그것은 노랗기도 파랗기도 때로는 불그스레하기도 하다. 무엇보다도 매우 앳되고 깨끗한 것들이었음을 확인한다.

나도 모르게 큰 숨을 내쉬고 스케치북을 연다. 머~언 우주의 어느 곳처럼 색이 부재한 페이지가 나를 유혹하고, 나는 아이같이 흥분에 싸여 이런저런 색깔을 만지작거린다. 오~ 이제부터라도 순색이기를, 제발 끝까지 순색으로 남겨지기를.

그리하여 청사포 바다를 그리는 일은 나의 근원을 찾고, 다시 그 평온으로 들어가는 일. 설령 한때의 과오가 씻기지 않을 만큼 무게를 지닐지라도 껍질을 벗고 심기일전해야 할 일. 하물며 죽을 때까지 멈추지 않아야 할 것.

아~ 무엇보다도 바다에 나를 띄워 수평을 배우는 일.

대변항 멸치털이

:: 부산 기장군

구릿빛 노동자들의 노란 갑바어부들이 작업할 때 옷 위에 걸쳐 입는 고무옷 사이에서 할아버지의 눈빛을 본다. 내 할아버지께서는 어부이셨고, 건축은 내 밥벌이다. 건축이 차곡차곡 쌓아가는 것이라면, 어로는 일시에 포획하는 작업. 둘 다 땀 흘리는 고된 노동이 포함되는 일이다. 그래서 끝까지 원시적 형태를 유지하게 될 일인지도 모른다.

단단한 바위와 부동의 흙이 건축의 토대인 반면, 어부의 발 아래는 늘 일렁거리는 물과 깊이를 알 수 없는 짙푸른 심연이다. "까짓 땅 위의 일 정도를 가지고……." 그래서 어부들은 항상 자신들을 지상 최고의 노동자로 여긴다. 나 또한 내 할아버지의 노동을 늘 최고로 인정하였다.

멸치를 터는 어부의 동작은 일사불란하다. 한 사람의 흐트러짐도 용납하지 않는 일. 그 앞에 긴장하지 않는 자가 있을까? 한 동작의 오류가 그물의 면과 밧줄의 선을 통하여 모두에게 전해져 다른 이의 노동이 흩어진다면 낭패다. 한 마리의 멸치를 놓치는 일 따위가 무어 그리 대수일까? 순간, 어부의 진지한 눈빛과 숙달된 노동이 유달리 숭고해 보인다.

한철 남쪽의 온 바다를 누비는 멸치떼. 남해 사람들은 남해 멸치가 최고라 하고, 거제 사람들은 거제 멸치가 최고라 하고, 이곳 기장 사람들은 그 말을 비웃는다. "무슨 소리 하능교. 기장멸로 젓갈을 담아야 지대로 제." 아무튼.

대변항에 봄이 익으면, 나는 그 숭고한 노동과 멸치떼의 풍요를 만끽하러 바다로 나간다. 운 좋게 햇살이 쨍쨍하면, 번쩍이는 멸치 비늘과 그 사이로 새벽이슬처럼 반짝이는 어부의 땀방울을 보게 될 테다. 어찌 집에만 있을까?

멸치 기름 자글거리는 소리와 아주머니의 애절한 호객에 동하여 어느 한 집의 모퉁이 좌석에 앉게 되고, 마침내 옛 생각에 잠긴다. "아주머니! 멸치회 한 접시 주소. 소주 한 병하고요." 오래 전, 내 할아버지께서 말씀하셨다. "멸치회는 막걸리에 빡빡 빨아 흐물흐물하게 만들어 무쳐야 제맛이다." 이후로 그 이야기는 우리 집의 전설이 되고, 나는 해마다 무슨 계절병에라도 걸린 것처럼 그 맛의 소환에 몰두한다.

온정마을 해변의 소나무

:: 부산 기장군

온정마을 해변에 가면 다양한 표정의 바다와 물결을 비집고 늘어선 올
망졸망 바위들과 그것을 바라보는 사람들이 있다. 그 모습은 마치 오래
된 앨범 속의 한 컷인 양 내 기억에 자리하며 가끔 내게 수다를 떤다.
"야! 이럴 땐 바다로 나가란 말이야. 거기서 그것들과 어울려 보아."

:: 온정마을 _ 부산 기장군 일광면에 있는 작은 마을.
근처에 부경대학교 수산과학연구소가 있다.

바다와 소나무. 이만큼 싫증 나지 않는 풍경도 없다. 일종의 자기 최면
이라 할까? 열렬히 사랑하여야만 숨통이 트일 것만 같은.

거기에 늘어선 몇 개의 신축건물들과 새로 생긴 도로는 내 관심 밖이다.
늘 내 등 뒤에 서게 되는 그것들은 나의 풍경이 되지 못한다. 오로지 바
다의 격정과 바위와 나무들의 두런거림만이 나를 그곳으로 불러낸다.

그런데도 사람들은 육지와 바다의 경계에 인위적으로 나무를 심곤 한
다. 마치 바다를 향해 선전포고라도 하듯 계획적이고 도전적으로. 사람
들은 얼마 후 나무가 사람의 뜻보다는 바다와 바람의 질서를 더 따를 것
이라는 사실을 눈치채지 못한다.

결국 나무는 점점 자신의 길을 간다. 종내에 바다를 향하고 유연하게 바
람을 탄다. 마치 내가 콘크리트 건물과 아스팔트 도로를 등지듯. 그때

비로소 나무도 내 풍경으로 들어오게 되고, 나는 나무를 그려 보기로 마음먹게 된다.

그림을 올린 내 인스타그램에 방문한 어느 분께서 댓글을 달아 주었다. "바다에 늘어선 소나무들이 듬직해 보이지만 사실은 수다스러운 느낌을 숨길 수 없습니다." 나는 그 감상이 참 좋았다. 그이의 눈이 내 눈보다 더 정확하고 옳았다.

듬직하기를 바란 것이 나무를 심은 사람의 욕망이었다면, 바다는 가지와 잎을 이처럼 수다스럽게 변모시켰을 게다. 그이의 표현처럼 나무는 바다에 말을 걸고 싶었던 게 분명하다. 가지를 살랑살랑 흔들기도 하고 때론 격렬하게 부르짖기에 하였으리라. 그리하여 몸은 쏠리고 비틀어지고, 가끔 사람들이 제 몸에 기대어 짜증스럽더라도 나무는 행복했으리라.

나무는 여전히 수다를 멈추지 않았다. 아마도 뿌리가 썩고 잎이 말라 죽을 때까지 그럴 것이다. 나는 그러한 나무의 본성과 순수 앞에 잠시 서고 그 거친 등걸에 내 손을 얹어 나무의 순수를 위로하였다. 나무 등걸은 예상외로 따뜻하다. 마치 저를 위로하는 나의 마음을 고스란히 되돌려 주듯.

곧이어 나무와 나는 함께 수다 떨기를 시작하였다. "가끔 답답하면, 내게로 오시오." 나무가 말했다. 다음은 내 차례다. "나무야, 나무야. 수다스러운 나무야! 그러한 너의 자유를 나는 사랑한다."

법기수원지 편백 숲으로

:: 경남 양산시

법기수원지를 찾게 되는 이유는 무엇보다도 수원지 아래의 편백 숲의
크고 너른 품에 안겨 찌든 생활을 잠시 잊어 보려는, 그야말로 힐링을
위해서다. 숲은 지친 나를 아버지의 손길로 쓰다듬어 준다.

나는 도착하자마자 숲이 이루는 음영 아래에서 코를 벌렁거리고 가슴을
화악 펴고 강아지처럼 돌아다닌다. 그러다 잠시 정신을 차리면 문득 드

는 생각이 있으니, 그건 '자연과 인간이 어떻게 조화를 이루며 살아가야 하는가?'와 같은 물음이다. 이곳을 찾는 사람들이 담아가는 마음의 선물인 것이다.

행정구역은 양산시에 속하지만, 부산 사람들의 식수를 공급하는 수원지의 권역은 1930년 일본강점기에 축조된 댐과 그 아래에 조성된 600여 그루의 방재림을 포함한다. 댐이 축조된 후 줄곧 민간인의 출입이 통제되다가 2011년에 개방되었으니, 근 80여 년 만의 일이다. 편백과 히말라야시드로 조성된 방재림 또한 긴 세월 동안 마치 처녀지처럼 숨겨져 있었으니 너도나도 그 모습이 가히 궁금했다.

:: 법기수원지 편백 숲

정문을 통하여 숲에 들면 누구나 '와~' 하고 외치게 된다. 흔히 볼 수 없는 장관과 마주치기 때문이다. 설령 사진 같은 자료로 예상하고 왔더라도 감탄은 결코 다를 수 없다. 눈은 그렇다 치고 코로 맡게 되는 서늘한 내음과 숲이 만들어 내는 음영의 장엄한 분위기가 피부를 뚫고 가슴으로 파고 들리라고는 도저히 상상하지 못하였기 때문이리라.

어이없게도 나의 불만은 이 숲을 도저히 사진의 한 장면에 담을 수 없다는 것이었다. 하늘을 우러러 가물가물하고 먼 잎사귀를 찍든지, 나무의 허리로 눈을 옮겨 곧고 힘찬 줄기만을 담아내든지, 그도 저도 아니면 아예 바닥으로 시선을 낮추어 거미줄처럼 땅으로 스며드는 뿌리의 선들과 그 틈새로 땅에 붙은 음지 초본류의 생명을 카메라에 담는 정도가 한계이니 말이다. 그건 곧 숲이 일상적인 나의 범주를 벗어날 만큼 크고 높다는 이야기이다. 막상 조리개를 열고 보면, 어느 화각에서나 숲의 거대함에 비추어 사람의 존재나 흐름은 그저 하나의 점에 불과할 터이니 그만 기가 죽는 것이다.

숲을 지나 댐으로 오르는 길은 높고 길다. 그러나 오르지 않고 내려다 볼 방법이 없으니 모두는 둑의 경사를 가로지르는 기하학적 사선을 따라 줄줄이 오른다. 설령 길의 끝에 수령 130년인 반송이 상징처럼 서 있지 않더라도, 목표를 두고 오르는 사람들은 활기찰 터이다. 비록 인간이 만든 인공물이라 하더라도 이제는 자연과 더불어 하나의 불변의 물체가 되어 한 장소를 이루는 것이다.

124개의 돌계단을 오르다 보면 재래종 잔디의 담백한 선형이 하늘과 맞닿아 있다. 그 평온에서 가끔 몸을 밀착한 연인의 모습이 나타나곤 하여 적요를 깬다. 그러면 나도 잠시 오르기를 멈추어 숨을 돌리고 뒤를 돌아

보게 된다. 숲의 허리춤이 비로소 한눈에 들어오고 숲의 크기가 짐작된다. 역시 올라야 내려다보이는 것이다. 셔터를 부지런히 눌러댄다.

드디어 계단의 끝에 다다르면 노송의 가지들 사이로 잔물결의 일렁임이 눈에 든다. 물의 빛깔은 계절마다 다를 것이다. 반추되는 산의 색 또한 그럴 것이니 이곳은 계절을 달리하여 와봄 직하다. 예상외로 주위의 산이 작고 아담하니 어디서 이 많은 물이 모여들었을지 의문이다. 물을 모은 것은 숲일지니 자연의 힘이 대단함을 다시 한번 느끼게 된다.

이곳에 올라 산과 물과 제방과 방재림을 한눈에 들여놓고 보면, 무릇 인간이 이루려는 문명의 역사와 삶의 편린들이 한눈에 보이는 듯 숙연해진다. 자연과 인공. 둘의 경계는 확연하다. 산과 물을 잉태시킨 곳은 자연이고, 그 산을 막아 물을 저장한 것은 인간이다.

인간이 이루려는 것이 자연의 그것에 어떻게 미치랴. 그럼에도 인간은 종교를 믿고 과학을 발전시켜 자연에 도전한다. 그것이 자연과 조화되었을 경우에 인간 또한 위대한 존재가 되니 그게 문명의 발전이다. 하지만 그 결과가 요즘처럼 '에너지의 무분별한 사용', '지나친 자연의 훼손', '쓸데없는 자원의 낭비'와 같이 우리가 모두 고민해야 할 숙제를 남겼다면 문제는 다르다.

자연의 입장에서 바라보면 인간은 늘 미완의 존재이다. 그러므로 느닷없이 그 오만을 경계하기도 한다. 그렇다면 어떻게 조화되어야 옳은 것인가? 무엇보다도 개발이란 명목으로 지나치지 말아야 할 것이 궁극의 진리이다. 그것을 거슬렀을 때에 자연은 사람에게 여지없이 재앙을 주었으니 답은 이미 있는 것 아닌가? 방재림이 묵묵히 말한다.

모든 숲에 들면 자연이 주는 혜택에 감사하게 된다. 더욱이 이 권역에서처럼 자연 속에 만들어진 인공의 의미를 생각하다 보면, 인간성의 오만을 반성케 되고 올바른 삶의 태도를 다지게 된다. 법기수원지에 들면 이 두 가지 생각이 동시에 든다 할까? 그런 장소가 삶의 주변에 있다는 것은 행복이다. 그리하여 사람들은 행복을 찾아 숲으로 모여든다.

하지만 나는 이곳이 딱 이 정도였으면 한다. 지금 정도에서 머문 채 유지되는……. 더 많은 사람이 모여들면 숲을 망치고 물을 더럽힐 것이니, 이즈음 해서 생각 있는 사람들의 지혜가 필요하다 하겠다.

팔색조 같은 풍경

:: 부산 해운대

건축가들이 즐겨 쓰는 시퀀스sequence란 말이 있다. 영화제작 기법에서 차용한 말로, '이루어진 상황'이라 나름대로 정의해 본다. 영화인들의 설명에 따르면 장면shot이 모여 씬scene을 이루고, 그 씬들의 조합과 그 사이의 틈이 시퀀스sequence를 이룬다는 것이다. 딱 꼬집어 정의할 수 없는 관념의 용어이지만, 그것의 다양함이 영화를 풍요롭게 만들고 성공으로 이끄는가 보다.

건축가들 또한 그러한 극적 혹은 영화적 상황이 자신의 건축에 깃들기를 늘 바란다. 사실 이것은 개별 건축에서보다는 건축의 집합체인 도시에 더 잘 적용될 단어이다. 방울쥐마냥 건물을 들락거리는 일과 그 사이의 도로나 광장에 삼삼오오 모여 먹고 마시고 떠드는 일이 도시적 삶의 대부분이 아닌가. 배경인 건축과 도시가 다양하여 지루하지 않다는 것은 얼마나 좋은 일인가. 도시에서 겪는 다양한 시퀀스의 경험은 일종의 축복이다.

부산건축상 심사를 위하여 부산의 전역을 돌아다닌 것은 행운이었다. 작심하고 내가 사는 곳을 살펴보는 일이 인생에 있어서 그리 흔한 일은 아니다. 하물며 350만의 인구와 770km^2 넓이의 메가시티를 한걸음에 내닫게 되다니.

빌딩 숲을 출발한 버스는 터널을 지나 강변을 따라 한참을 가더니, 어느 곳에 우리를 풀어놓았다. 후~욱 올라오는 땅의 냄새와 소금기 머금은 해풍, 그리고 갈댓잎 사이로 날아오르는 새들을 배경으로 우리가 보려던 멋진 건축이 우뚝 서 있었다. 넓은 들의 한가운데였다.

다음은 소나무의 짙은 향이 태고로부터 밴 숲 사이를 버스가 헤치고 들어간 후였다. 누가 먼저랄 것도 없이 차창을 열고 맞바람을 가슴 깊이

받았다. 잠시 후 한껏 상쾌해진 우리 앞에 나타난 것은 순응하려는 듯 자신의 모습을 낮춘 작은 건물 몇 채. 건물도 사람도 그 앞에서 겸손해 져야만 했으니 그곳은 산이고 숲이었다.

산에서 내려온 버스는 다시 속도를 내어 달린다. 이른바 시내의 가로를 거쳐 SF영화의 한 장면인 듯 매끈하고 날렵한 빌딩들이 빠르게 지나간 다. 몇 년 사이에 집이 많이 불었고 사이의 가로수도 제법 덩치를 불렸 다. 벤치에 앉은 사람들이 좀더 느긋해졌으면 좋겠다고 나는 생각하였 다. 우리는 나름대로 알차게 면모를 갖추어가는 다운타운 속을 깊이 관 찰하였다.

이어 터널 하나를 더 통과하자 이번엔 푸른 바다와 포구, 그리고 오래

:: 바다와 배와 건축

된 마을이 순식간에 나타난다. 곁에는 막 신도시 하나가 더 꾸려지려는지 허공을 가르고 크레인이 바빴다. 나는 신과 구의 조화를 간절히 빌었다. 그제야 풍경의 주조색이 바뀌고 기온이 달라졌음을 알았다. 그곳의 건축은 뼈대부터 건강하였다. 짙은 청록의 바다로부터 이곳 사람들의 기질이 나왔다고 혹자들은 말했고, 나는 그 말을 철석같이 믿는다. 땅의 끝이었고 이어진 바다였다.

아~ 아무래도 오늘은 전율과 감사의 하루다. 머리만 돌리면 풍경이 바뀌는 팔색조 같은 도시에 내가 살고 있었구나.
뺨을 간질이던 해풍의 출근길, 밤 골목의 신산한 고독, 숲에서의 사색과 바다에 띄운 포부. 그리고 구릿빛 얼굴의 사람들. 나는 오늘 내 삶의 여러 컷이 배인 곳들을 둘러보면서 기억과 꿈꾸기를 반복하였다. 이 도시가 만들고 있는 팔색조 같은 시퀀스에 푹 빠졌다고나 할까.
그리고 어둠이 내린 가로를 이동하면서 기분 좋은 상상을 한다. 올여름엔 꼭 수영복으로 갈아입고 짭조름한 풍경 속으로 뛰어들리라. 저녁이면 산복도로의 불빛을 바라보며 서울이나 대구 한복판에 선 사람들의 건조한 모습을 얄밉게 조소하리라.
그리고 무료하게 큰 바위를 쳐다보던 '호오도온'의 소년보다 하릴없이 이 도시를 배회하던 나의 시절이 더 좋았더라고 자부하리라.

부산을 그렸다

:: 부산 대청동

2022.06.01.

'어반스케치'가 회화의 한 장르가 되어 전 세계에 열풍처럼 번졌다. 그림을 그리고 싶어 하는 사람들에게 일종의 해방구가 되었다고 할까? 마치 핸드폰으로 사진을 찍어내듯 주위의 풍경과 일상의 재미를 작은 스케치북 속에다 다양한 그림으로 담아내고 있다. 현장의 감흥이 살아 숨쉬는 이 작은 그림이 도시인의 삶을 풍요롭게 변모시키고 있다. 세계 여러 도시에서 어반스케치 행사가 도시의 축제가 되었다.

부산중구문화원 주최로 '제1회 부산을 그릶다'그리다와 읽다를 합성한 조어 행사가 열렸다. 늦었지만 근대 도시의 출발점인 중구 원도심에서 행사가 개최됨은 무척 의미 있는 일이라 생각한다. 어느 곳보다 부산의 역사가 많이 남아 있고 부산의 기질이 풀풀 살아 있는 곳이기 때문이다.

이번 행사에서 부산 시민들은 물론 부산을 방문한 여행객들이 어우러져 부산의 풍경과 부산 사람들을 그릴 것이고, 그 그림들은 세계로 퍼져나갈 것이다. 그리고 해마다 그 내용과 범위를 넓혀가기를 기대한다. 경주의 행사에 참가한 외국의 작가들이 부산에서 그림을 그리고 싶어 했다는 후문은 무척 고무적인 일이라 생각한다.

행사는 부산학자 류승훈 선생의 '부산의 탄생' 강의로 시작되었다. 구수한 입담과 알찬 자료는 부산의 지리적, 역사적 중요성과 부산 시민의 자긍심을 일깨워 주었다. 희귀한 자료가 놀라웠고, 유성기에서 흘러나온 옛 가수의 노랫소리가 잠시 어릴 적 기억에 잠기게 하였다.

다음은 원도심의 중심부를 직접 둘러보는 과정. 날씨는 유달리 맑았고, 사람들의 눈은 호기심과 기대로 반짝거렸다. 남항, 자갈치시장, 국제시장. 그리고 부산 근대의 흔적들인 한성1918, 근대역사관, 성공회교회, 오래된 서점 '우리글방'과 보수동을 지나 '백년어서원'과 40계단 주변을 걸었다. 도착한 곳은 행사장인 부산중구문화원. 일제강점기 건축이던 '타테이시주택'을 리모델링하여, 깔끔하고 실용적으로 리모델링해 놓았다. 근대 건축의 흔적을 보존하려는 뜻깊은 발상이다.

드디어 참가자들은 3개조로 나누어 그림을 그렸다. A조는 '백년어서원', B조는 '우리글방', C조는 '상지건축'. 참가자들은 40계단 주변에 둘러앉아 도시의 역사를 추억하기도 하고, 사라져 가는 보수동 책방골목을 아쉬워하며 그림을 그렸다. 지난 추억과 지금의 감정을 각자의 그림에 담았고, 자갈치 바닷가로 간 사람들은 삶의 분주한 모습을 담기도 하고, 푸른 바다를 화폭에 옮기기도 하였다.

:: 부산의 속살, 부평시장

하나하나의 그림은 모두 모여 하나의 기록으로 남을 것이다. 잘 그리지 않았다고 하여 무슨 문제가 될까? 평소에 그냥 스쳐지나가던 길을 다시금 세밀히 관찰하게 되었고, 오래된 시절의 사람들과의 추억을 잠시 떠올리기도 하였으니 그로서 충분하였다.

그리고 저 멀리 이 도시를 싸고 있는 어머니 같은 산과 숲, 그리고 사람들의 삶처럼 복잡하게 얽혀 있는 숱한 골목길과 끝없이 계속되는 정겨운 계단들과 간간히 보이는 부산 사람들을 쳐다보며 괜스레 기분이 좋아지고 마음이 뿌듯하였다. 내가 이 도시를 사랑하게 된 것일까?

다시 이 도시의 상징처럼 우뚝한 용두산의 탑과 중앙공원의 충혼탑을 본다. 그것의 조형이 아름답든 그렇지 않든. 다만 우뚝한 것만으로도 충분하다. 마치 리우데자네이루의 예수상이나 도쿄타워에서처럼 어쩌면 도시의 기억은 그 선언적인 상징으로부터 시작되는 것일지도 모를 일이다. 그 또한 하나의 그림으로 남겨 보리라.

즐겁고 보람된 이틀이 지나갔다. 그리고 스케치북에 부산의 그림 몇 점이 남았다. 이 행사가 언젠가는 부산의 상징적인 행사의 하나로 발전하였으면 한다. 그리하여 시민들이 향토를 더 사랑하게 되고, 다른 도시의 사람들이 우리를 부러워한다면 얼마나 좋을까.

벽화마을에서

:: 부산 우암동

며칠 전에 본 지역방송의 한 프로그램이 인상적이었다. 동네 가꾸기로
서의 벽화마을에 대한 반성이었다. 주민들이 이 사업에 싫증을 느끼기
시작했다는 것이며, 벽화를 그리는 작가 또한 행위가 어떠한 의미와 예
술성을 지니느냐에 대하여 고민이 있다는 것이고, 더 깊은 문제는 자치
단체의 홍보수단으로서 무분별하게 시행된다는 점이었다. 내 생각과 다

르지 않은 방송국의 시각에 동조하며 박수를 보냈다.

벽화 그리기는 노력이나 예산에 비하여 가시적인 효과가 커서 행정가로서는 매력을 느낄 만한 도시관리의 한 수단이다. 가령 벽의 사용에 대한 가옥 소유자의 동의와 미술 전공 대학생이나 재능기부 예술가들과 적절하게 조우하면 큰 예산 없이 1~2주간의 짧은 시간에 얼마든지 성과를 얻어내니 말이다.

칙칙하던 골목에 한순간 꽃이 피고 새와 나비가 날아다니는 동화의 거리로 변모하니 마법과도 같은 것이다. 그러므로 속도와 결과를 중시하는 행정가들은 너도나도 벽화에 열중하였던 것이며, 마침내 도시정책의 한 수단이 되고 말았다. 외면받던 모든 마을이 벽화로 채워지고, 주민들은 자신의 마을이 더 풍요로워질 것이라 꿈에 부풀기도 했다.

그런데도 이즈음에 반성의 목소리가 나오는 것은 무슨 이유인가? "엄마, 우리 동네가 못 사는 동네야?" 벽화가 그려지던 마을에 사는 한 아이의 질문이다. 참 인상적인 말이다. 나는 이 질문에 벽화마을의 본질적인 문제점 모두가 있다고 생각한다. 주민이 사는 곳이 아니라 객이 보러 가는 것에 초점이 맞추어진 데에 대하여 아이가 불편을 토로한 것이다. 마치 치부를 들켜버린 듯한 아슬아슬함이 매일 존재한다면 어른들이라고 하여 다를까? 그게 살기 좋은 동네인가?

"벽의 반대편에 엄연히 존재하는 현실의 삶이 살펴지기는 하는가?" 이 질문이 더욱 중요하다. 벽화마을의 본모습이 마을 가꾸기에 있었던 것이 아니라 마을 숨기기의 수단이라는 역설이 가능하기 때문이다. 이 사업으로 인하여 실제로 주민들의 삶이 어떻게 바뀌었는가를 보면 가꾸기와 숨기기의 진실이 밝혀질 테지만, 더욱이 주민의 삶을 볼모로 홍보와 관광을 구상하였다면 문화의 탈을 쓴 정치적인 행위는 아무리 보아도 해악으로도 읽힌다.

가끔 서울에 가면 둘러보게 되는 마을들이 있다. 물론 벽화 그리기 따위와는 차원이 다르게 마을 가꾸기가 진행된 곳이다. 서울이 지방보다 고급문화를 누리고 있다는 것은 도시의 역사가 깊어 볼거리가 많다는 데에도 있지만, 그 이전에 문화를 읽어내는 눈과 의식이 세련되어 있음을 부인하지 못하겠다.

북촌, 서촌의 주민들은 높은 담장 안에서 자신들의 삶에 여념이 없다. 반면 인사동, 삼청동 거리는 그 명성을 이용하여 철저하게 상업적으로 이루어져 있다. 거기에도 상인인 주민이 중심에 있다. 보는 것에 앞서 삶이 먼저다. 더 놀라운 것은 이러한 모두가 정치적으로 주도되지 않았으며, 주민이 자발적으로 느리게 가꾸었다는 점이다. 그러므로 마을은 지속해서 부유하게 발전한다. 또한 현대 사회의 문화란 많은 부분 상거래 속에 있다는 점을 간과하지 않았다.

부산의 마을들이 통영의 '동피랑 마을'이라든지 삼척의 '아바이 마을'과 경쟁할 것이 아니라 서울을 모델로 삼아야 함은 명백하다. 벽화를 그리는 마을이 애초에 삶과 어우러진 문화가 되지 못한다면, 일시적으로 현혹하여 사람을 불러모을 것이 아니라 얼른 개발이라도 하여 사람이 살 수 있는 도시적 환경부터 만들어야 순서가 옳은 것이다. 동네 사람들의 삶이 편안해야 동네에 문화가 꽃피는 것이 아닐까?

이즈음에 부산의 벽화마을들과 그리스의 산토리니를 비교하는 따위의 헛수고도 그만두면 좋겠다. 산토리니를 보기 위해 대형 크루즈가 작은 마을에 정박하는 것은 별개로 하더라도, 산토리니 마을에서 일어나는 고급 상행위의 근원을 곰곰 살펴보아야 한다. 나아가 축제와 문화를 상품으로 변모시키는 근원이 단지 마을이 언덕에 위치한다는 것과 벽이 흰색으로 칠해져 있다는 것과는 다른 데에 있음을 알아야 한다.

삶을 홍보한다는 사실 자체가 썩 내키지 않은 입장이므로, 건축가로서의 나의 결론은 대체로 이러하다. 대부분의 벽화마을은 벽화를 그릴 것이 아니라 시급히 재개발되어야 한다. 그 마을들은 환경적으로 수명을 다하였고, 기실은 도시 건축적으로 별 매력이 없는 곳에 불과하다. 군이 내세우려면 어떤 곳을 찾아야 하는가?

소설 《보이지 않는 도시들》에서 작가 이탈로 칼비노Italo Calvino, 1923~1985는 도시의 본질을 이렇게 묘사했다.

:: 부산 감천문화마을

도시는 자신의 과거를 잘 말하지 않습니다. 도시의 과거는 마치 손에 그어진 손금들처럼 거리의 모퉁이에, 창살에, 계단 난간에, 피뢰침 안테나에, 깃대에 있으며 그 자체로 긁히고 잘리고 소용돌이치는 모든 단편에 담겨 있습니다.

실제로 우리가 가지고 있던 것을 이미 우리가 다 허물고 말았다는 사실을 알면 너무 허무한 일인가? 하지만 눈을 크게 뜨고 잘 살피면 그것들은 여전히 존재함을 알게 된다. 항구의 주변에서, 도심의 골목에서.
시민들이 손때 묻힌 그곳에다 전을 펴고 장사를 하고 사람을 불러 모아야 한다. 그게 부산이 지닌 보배를 가꾸는 일이다. 거기에 삶을 불어넣어야 한다. 그게 문화다. 벽화 몇 개를 그렸다고 큰소리치지 말아야 한다.

02

도시를 말하다

전시장에서

:: 인천 송도

2022.09.12 Lim

부산시청 맞은편에 높은 주상복합 아파트가 들어섰을 때의 기분은 잊지 못하겠다. 무심코 바라보던 황령산이 사라진 것은 물론이고, 마치 영화 〈주만지〉에서 좌충우돌 달려오던 코뿔소, 코끼리 등을 연상케 했음이다. 공룡 같은 건물이 시청 앞마당에 짙은 그림자를 만들었다. 현상설계를 통하여 좋은 안을 뽑아 남 못지않게 현대식 시청을 만들겠다고 하던 시장님의 목소리가 엊그제 같은데.

시청과 같은 공적 건물이 거대하고 화려하여 시민을 향하여 권위적이거나 위압적인 데에 대해서는 지금도 반대한다. 그렇다고 하여 여느 상업 건물처럼 아무렇게나 취급된다면, 그것은 시민의 자존심 문제이다.
공적 건물이므로 개별 건물로 존재하지 않고 그 주위는 물론 도시 전체와 맥락을 이루어야 한다. 건축가의 계획안에는 분명 황령산에서 동래와 금정산으로 이어지는 도시 축 하나쯤은 그어져 있었으리라 생각한다.
굳이 유럽의 잘된 도시들의 예를 들지 않더라도, 서울의 경우만 보더라도 공적인 건물의 자세를 생각할 수 있다. 있던 자리를 지켰다는 것은 둘째로 하고, 금싸라기 같은 자리의 큰 부분을 욕심 없이 광장으로 비워 두었다는 사실. 그래서 시민들은 거기에서 크리스마스트리를 바라보며 스케이트를 타기도 하고, 국가대표팀의 경기가 있을 때에는 '대한민국~' 함성을 함께 지르기도 하며, 때론 삼삼오오 모여서 정치적 시위를 하기도 한다.
부산시청 주변의 경우 아쉬움이 많다. 과연 도시계획적으로 제어할 수 없었을까 하는 생각과 함께. 시민들의 십시일반 돈이라도 모아 그 땅을 사버렸더라면 하는 자조조차 생긴다. 옛터를 버리고 넓은 곳을 찾아나선 시청이 높은 아파트 사이에 다시 갇히고 맥락을 잃어버린 것이다.

내 전시회를 둘러보러 온 어느 분이 내게 물었다.

"선생님은 왜 이런 그림을 그리세요?"

"아~ 예. 이런 풍경들이 사라지는 것이 아쉬워서요."

매축지마을, 우암동 소막마을, 그리고 재개발로 비워진 해운대 중동마을. 내가 그린 오래되고 낡고 초라한 모습의 동네 그림을 두고 나눈 대화이다.

대화는 도시의 전역에 빽빽이 들어서는 아파트와 그것들이 만들어내는 도시 풍경 이야기로 이어졌다. 십수 년 전, 재개발의 열풍에 부산의 전역이 전국 건설회사들의 각축장이 된 적이 있다. 이른바 브랜드 상품들이 휩쓸던……. 그리고 그 열풍이 사그라질 즈음에는 부산의 건설사들이 후발로 우후죽순 아파트들을 지어내었고 지금도 진행 중이다. 도시적 맥락 따위에는 관심이라도 있었을까?

그러기에 건설사는 시청의 앞마당과 같은 그 부지에 얼마나 많은 세대 수의 집을 지어낼까 하는 생각밖에 없었을 것 아닌가. 시장실에서 그러한 풍경을 바라보던 시장님의 심경에 대하여 짐작할 수 없으니 그 또한 안타깝다.

대화는 더 이어졌다.

"그들은 이제 부산 땅에서 돈도 많이 벌었을 것 아닙니까? 그러면 시민들을 위하여 최소한의 염치는 가지는 게 마땅하지 않을까요?"

"땅을 사서 집을 지어 파는 경제 행위를 어찌 탓하겠습니까? 하지만 그것을 스스로 제어하고 염치를 가질 때 그 경제는 건전하고 이룬 자본은 빛이 납니다."

나는 건설사의 눈에 소막마을, 매축지마을, 중동마을이 단순한 땅 몇 평으로 보이지 않기를 바란다. 내가 그것의 소멸을 안타까워하고 그림으로 그려 놓을 생각을 하듯, 건설사 사장님들에게도 힘들고 아팠던 시절의 에피소드 하나쯤은 기억되길 바란다. 그리하여 땅의 어느 한 부분은 옛 기억을 되살릴 수 있는 장소로 남겨 두면 어떨까?

도시계획을 수행하는 관료들에게 제안하고 싶다. "옛 마을의 10분의 1, 있던 그대로 남겨 놓기!" 그리고 건설사 사장님들에게는 이런 말씀 드리고 싶다. "그동안 시민의 기억을 열심히 허물어간 데에 대한 속죄라 생각하십시오."

:: 사라져가는 풍경,
해운대시장

오래된 것들을 향한 연모

:: 부산 영주동

신도시. 도대체 이곳에 신新 자를 붙이는 근거가 무엇인가? 새롭게 태어
난다는 것은 축복이며 경이이고 또 미래를 확신하는 일이다. 출산을 기
다린 아기를 처음 보았을 때의 감동을 생각하면 신新이란 말의 의미가
쉽게 다가올까? 두 팔로 안아도 보고 초롱초롱한 눈을 맞추기도 하며
아이의 미래를 그려보게 된다. 그리고 엷은 미소를 떠올려야 마땅하다.
'프로메테우스'로부터 시작된 인간의 인내는 신新의 탄생으로 정점을 이
룬다.

어느 날 오후, 나는 새롭다는 건축 행정제도 '업무대행'건축사가 공무원의 업무를
대행하는 건축 행정의 한 절차의 의무를 수행하려 아스팔트가 채 굳지 않은 신도
시의 거리를 걷는 중이었다.

불행하게도 우리의 신도시에는 가장 저급한 것부터 들어오는 것 같았
다. 급조, 장삿속, 치고 빠지기, 한탕주의 그리고 복제와 헛치장의 현장
을 태연히 보아야 하는 것의 서글픔. 그 와중에 실눈을 뜨고 조각난 건
축의 의미를 애써 찾으려는 것은 나의 순진함 때문인가? 아니면 미래를
바라보는 눈을 상실한 도시계획가와 행정가, 그리고 일거리 찾기에 혈
안이 된 건축가들에 대한 절망인가? 다시 말하여, 우리는 도시를 향한
폭도들인가?

아무튼 저급한 집장사들이 선점한 신도시에 이곳의 탄생과 이루어갈 역

사를 사유할 겨를은 어디에도 없었다. 하여 이런 풍경을 목도하는 날은 더는 신도시를 건설하지 말아야 한다는 생각을 더욱 깊이 하게 된다.

스케치북을 열고 오래된 도시를 그린다. 어차피 이 시대가 프로메테우스의 치열한 의지를 망각하고 있을 바에는, 새롭다는 것이 오히려 진부하다고 여긴 이후 뜬금없이 낡고 오래된 것들에 대한 연모의 마음이 생긴 것이다.

나의 건축 또한 서서히 고치고 넓히고 하는, 작은 것에 더욱 초점을 맞추리라. 그래! 삶의 스토리를 만들고 미래의 희망을 꿈꾸던 경험과 흔적, 잊힌 그것들이 주는 신선한 역설이 아닌가.

가령 도시의 중간에 선명하게 새겨지는 산복도로, 그곳에 올라 오래된 항구의 소멸과 정겨운 동산의 실종과 끊어진 물길을 내려다본다는 것은 매번 가슴 아픈 일이다. 그때마다 나는 하릴없이 북항, 을숙도, 다대포, 기장, 물금…… 이름을 빼앗긴 것들의 이름을 나열해 본다.

다운타운에서 하는 생각

:: 부산 부전동

부전도서관에 갈 일이 있었다. 도서관 마당의 벤치에 앉았는데, 옆에 있
던 사람이 말한다. "이 건물이 우리나라에 있는 도서관 건축 중 가장 오
래되었다 하네요." 고개를 들어 둘러보니 옛 건축가의 노력과 정성이 보
인다. 무척 빼어났던 건축임이 짐작되고, 세월을 잘 견뎌 왔다는 생각이
들었다. 동시에 이곳에 한적한 2층의 도서관과 넓은 마당이 있다는 것

에도 놀랐다. '땅값이 얼마인데.' 개발과 보존, 두 주장이 첨예하게 대립할 만하다.

경제학자와 건축학자의 말이 항상 들어맞는 것은 아니다. 갑작스러운 돌풍이나 폭우가 기상학자들을 곤란하게 하는 것과 같다고 할까? 건축의 미래 예측 또한 꽤 오리무중이다. 사회 현상들은 건축의 방향을 직간접으로 컨트롤한다.

예를 들어, 인구와 결혼과 같은 것의 변화 추이는 주택 규모와 형태 변화를 주도한다. 최근 인구는 감소 국면이고 젊은이들은 결혼 연령을 늦추고 있다. 나는 단위 주택의 소형화와 주거의 도심 집중을 예측하는 데에 주저하지 않았다. 그리고 주변의 근린 상권이 성황을 이루리라 생각하였다.

하지만 2년 여의 펜데믹 시기를 겪으면서 예측은 완전히 빗나갔다. 사람들은 다운타운도심에 몰리지 않았고, 대신 집에서 보내는 시간이 늘었다. 통신을 비롯한 전자 문명은 재택근무와 홈스쿨링을 가능하게 만들고, 사람들은 의외로 잘 적응했다. 화상회의, 배달 문화가 급속도로 발전하는 등 산업의 지형이 바뀌어간다. 코로나19 펜데믹은 21세기의 블랙홀임에 틀림이 없다. 사회 전반에 걸쳐서 그 위력을 발휘하고 있다.

건축업계에도 변화가 감지된다. 수주 물량이 감소하고 건축의 용도 또한 변화를 보인다. 특히 도심의 건축은 더욱 민감하다. 백화점, 공연장의 쇠퇴와 대형식당이 사라지고 있다. 그것들은 개념과 형태를 바꾸어 도심을 벗어나 교외로 떠난다. 그 자리에 마치 펜데믹의 불안에 대응하듯 철옹성 같은 개인의 공간들이 들어차고 있다. 그때마다 나는 도시의 미래 모습에 몸서리치곤 한다.

다시 말하여, 사람들은 여러 이유로 집단보다는 개별적 행동에 열중하게 되었다. 단란, 화합, 교제보다는 개인의 휴식과 레저에 집중한다.

눈여겨볼 것은, 다운타운에서 일어나던 행위들의 변화이다. 저녁때만 되면 삼삼오오 모여 즐기던 사람들이 복잡한 도심을 포기하고 교외로 떠나고 있다. 도심의 한계를 본 것은 아닐까?

이즈음에 부전도서관의 개발과 보존 논쟁은 더 깊이 고려되어야 타당하다고 본다. 단기적 경제나 상업지역·주거지역 하는 낡은 도시계획의 관점이 아니라 건축과 땅의 본연의 가치와 개념에 더 집중해야 한다고 본다. 다운타운 건축의 개념 또한 바뀌어 나가고 있는 이 시점에, "도심이라고 하여 대형, 복합, 멀티만이 해답이 아니다."라고 주장하고 싶은 것이다.

건축과 땅을 다시 생각하게 된다. 미래의 도시에 '다운타운'이란 말은 타당할 것인가? 그것은 지정학적 단어인가, 아니면 도시계획의 개념인가? 펜데믹 이후 도처에 변화가 일어남은 분명하다. 그에 맞추어 도심의 건축에 대한 예측 또한 출발해야 하지 않을까? '다운타운'이라는 말과 '부전도서관'이라는 장소의 가치를 곰곰 새겨볼 일이다.

예를 들어, 그 장소가 사람들에게 거기에 존재했던 히스토리와 현재의 나를 엮어주는 역할을 해준다면? 그렇다면 공허한 도심을 벗어나 자연을 찾아가 재충전하던 사람들이 다시 돌아와 새로운 스토리를 만들어 가지 않을까? '다운타운'의 회복이며 이른바 도시 재생이다.

재생이란 오래된 것들을 먼저 염두에 두는 행위이다. "가자~ 다시 다운타운으로." 사람들의 입에서 이 말이 나와야 한다.

도시와 수레

:: 부산 동광동 한성1918

근래에 부산 강서구청에서 발표한 한 공모전이 논쟁거리로 떠올랐다. 도시재생사업의 일환으로 계획하는 '서부산영상미디어센터'의 자리가 옛 '대저수리조합 사무동'의 부지가 있는 자리에 건립된다는 것이 문제의 핵심이다. 이 건물은 일제강점기에 지어진 건물로 개별 건물로도 보존의 가치가 있으며, 특히 지역의 문화유산으로 그 가치가 충분하다는 주장이 각계에서 일고 있어서 많은 생각을 가지게 한다.

늘 부딪히는 일이지만 개발과 보존의 양날이 마주 서는 꽤 심각한 상황
이다. 시민 모두는 잠시 고민해 보아야 한다.

나는 도시를 짐을 싣고 지나가는 수레에 빗대고 싶다. 당대를 사는 시민
들을 짐으로 싣고 역사의 길로 차츰차츰 나아가는 수레, 고통과 역경과
희망을 동시에 이고 가는 묵묵한 수레. 지나친 비교일지도 모르겠지만,
아무튼 수레가 끌어야 하는 도시의 궤적은 꽤 무겁고 지난하다.

그 수레가 흔들리지 않고 똑바로 굴러가려면 두 바퀴의 크기가 같아야
한다. 어느 한 바퀴가 다른 하나에 비하여 작다면 수레는 회전하여 마침
내 전복될 것임이 뻔하다. 단단하기 또한 같아야 한다. 한쪽이 부실하면
즉시에 주저앉게 된다. 잘 굴러가기 위하여 지녀야 할 조건들이다. 또
하나의 조건은 땅의 견실함이다. 물이 고여 질퍽하거나 모난 돌로 방해
가 된다면 순조로운 진행이 어렵다.

개발과 보존이라는 양 바퀴의 균형에 의해서 무리 없이 진행되는 것이
좋은 도시의 표본이 아닐까. 그 과정에서 행정가는 어쩔 수 없이 마부의
입장이 되고, 두 바퀴를 연결할 축의 처지가 된다. 따라서 단체장이나
의회나 위원회의 입장은 도시의 질을 결정하는 중요한 단초이다.

예컨대 중구, 동구, 서구, 영도구처럼 이른바 원도심의 의장단이 공동으
로 산복도로 고도제한을 해제해 달라고 부산시에 청원한 것은 매우 이
기적인 사례였다. 막상 그곳에 올라 도시를 내려다보면 많은 시민의 생
각이 달라질 것이기 때문이다. 그러지 않아도 아래의 도심은 이미 무질
서한 고층건물의 포화 상태인데, 거기에 산복도로 주변마저 우후죽순
개발된다면? 생각만 해도 아찔하다.

이후로 유사한 주장이 끊임없이 제기되고 있다. 지역 사랑을 넘어 개발

이 타지역에 밀린다는 강박관념까지 가세한다. 하지만 도시란 선을 그어 구역을 나누고 각자도생의 길로 들어서야 하는 그런 단순한 곳이 아니다. 그러한 관점은 그야말로 이기주의에 불과할 뿐이다.

뿐만이 아니라 그곳을 노리는 타지인들의 관여도 만만찮다. 이른바 자본이 목표인 그들에게 지역은 늘 투기의 대상이다. 그러한 이기심들이 지역성을 멸절시킨다.

그럼에도 불구하고 보존의 문제는 행정가와 건축가들을 괴롭힌다. 개발을 전제로 한 직업군인 건축가들은 늘 개발과 보존 사이에서 갈등할 필연적 운명에 선다. 이번 공모전을 대하는 건축가들의 입장이 대체로 그럴 것이다.

하지만 나와 내 동료들은 잠시 작업을 멈추고 고민해야 한다. 어디 건축가뿐이랴. 한 도시의 역사란 도시에 사는 시민 한 사람 한 사람이 마땅히 생각하고 갈등해야 할 충분한 가치를 지닌 문제이다. 모두가 수레에 실린 짐이기 때문이다.

나는 이번의 논쟁이 공평하게 해결되길 빈다. 양비론적인 시각이라 비난할지 모르겠지만 묘방과 해결책이 꼭 있으리라 생각한다. 문제가 발생하였다면 진행을 잠시 멈추고 두 바퀴의 상태를 다시 점검하고 균형을 맞출 일이다.

차제에 행정가들은 부디 시민의 주장 하나라도 길바닥에 버려진 돌멩이나 어느 한 곳에 파인 작은 웅덩이쯤으로 생각하지 말고, 다시 다지어 탄탄한 길로 만들기 바란다. 수레를 모는 마부의 입장은 그래서 힘들고 전문적이어야 하는 것이다. 일컬어 당국과 관료의 의무이고 책임이다.

매축지 마을에서

:: 부산 범일동

오래된 마을을 탐사하면서 사람들이 내게 던지는 질문은 대개 이런 것이다. "건축은 무엇입니까? 집이란 어떤 곳입니까?" 때론 당황스럽다. 건축가의 입장을 묻는 것이고, 건축가는 늘 새롭고 현대적이고 멋진 건물을 지어야 한다는 전제가 숨어 있다.

대체적으로 건축가가 다루는 건축은 새로운 것이고 현대적인 것이다. 간혹 오래된 건물을 리노베이션한다거나 전통의 방법을 통한 고전적 형태의 건축을 재현하는 일에 관여하기도 하지만 빈도가 적다.

하지만 세상에는 건축가가 없는 건축이 더 많다. 물론 건축이 제도적으로 통제되기 이전의 집이 대부분이지만. 아무튼 도시의 곳곳에 홀로 혹은 집단으로 남아 있다.

아이러니하게도 건축가가 그런 집에 대하여 더 연민을 느낀다면 말이 될까? 하지만 오늘 같은 날, 나의 경우가 그렇다. 굳이 이유를 대라면, 집의 물리적 느낌이 아니라 장소와 추억이 버무려져서 만들어내는 일종의 복합적 정서 때문이 아닐까?

더 진지한 건축가들은 삼삼오오 모여 누추한 동네를 견학하고 실측하고 연구하기도 한다. 그때마다 그들은 그것을 건축이라 여길까? 혹시 자신이 그곳에 다시 건축할 생각을 하는 것은 아닌지? 아무튼 건축이란 꽤 복잡한 영역이다.

부산에도 그런 곳이 많다. 예전엔 대부분의 시가지가 그랬겠지만, 어찌 어찌하여 지금까지 보존된 곳들. 감천마을, 안창마을, 매축지마을, 비석 마을, 흰여울마을. 어쩌면 지자체마다 그런 마을 하나쯤은 자랑으로 삼고 있고, 대부분 문화마을이라는 별칭을 지니고 있을 것이다.

속을 들여다보면, 거기엔 여러 이해가 얽히고 수많은 곡절이 뒤섞여 있 겠지만, 방문하는 사람들은 과거의 추억과 옛 풍경들이 아련하고 혹은 자신의 삶과 다른 풍경들이 신기하기도 하여 기웃기웃 들여다본다. 그 런 상황에서 돌연 '건축이 무엇이냐?'는 질문을 받았다.

집이란 무엇인가? 좀 더 철학적으로 말하여, "집은 하찮은 벽돌과 나무

2022. 11. 20. 매축지 마을.

둥치에서 시작해 하나의 작은 우주가 형성된 것이다."라고 답하고 싶다. 거창하게 들리겠지만, 우주란 내 눈과 가슴과 상상 속에도 얼마든지 있는 것이다. 그러니 크기가 더 큰 집을 일컬어 작은 우주라 한 것이 그리 틀린 말도 아니리라.

모든 사람의 희로애락이 그곳에서 이루어지고 일생의 대부분을 그것의 획득과 유지와 발전에 쏟고 있으니 어찌 그렇지 않을까? 건축은 그런 집을 만드는 행위이다. 그래서 "새롭고 현대적인 것만이 건축인가?"라는 의문은 다소 빗나간 것이다.

어떤 의미에서 도시계획이 도시를 만들어 간다는 것도 틀린 말이다. 도시는 낱낱의 건물 하나하나가 모여서 형성되는 것으로, 그 안에 작은 우주들이 제각각의 얼굴을 하고 존재하는 것이다. 물론 건축가가 없는 건축을 포함하고 있으니 좀체 통제되지 않는다.

그럼에도 도시계획은 매우 계산적으로 이루어진다. 우리가 자본주의를 선택하고부터 감히 남의 우주를 깨는 방법을 천연덕스레 배웠고, 사유

:: 매축지 마을 _ 부산 범일동에 있는 옛 마을. 일제강점기에 부두에서 내린 말과 마부가 쉬는 곳을 목적으로 조성되어, 해방 이후 6.25전쟁과 피난 시절을 거치면서 서민들의 거주지로 자리 잡았다. 여태껏 보존되고 있지만, 도시계획의 변화로 차츰 소멸되고 있는 중이다. 영화 〈친구〉, 〈마더〉, 〈해운대〉, 〈사생결단〉, 〈범죄와의 전쟁〉 등의 촬영지로 유명하다.

私有만이 정의인 것처럼 살아왔듯이 도시계획 결정 이후 집의 운명은 처절하다. 오래도록 유지된 질서가 도시계획이라는 잣대로 너무 편리하게 재단된다.

부산은 거대도시이며, 그런 이유로 좀 더 큰 그림으로 도시를 다루려는 행정가들의 입장을 충분히 이해한다. 그럼에도 불만은 현대 도시의 질이 너무 시각적으로 평가된다는 데에 있다.

잘된 도시를 이야기할 때에 원주민의 입장에서 삶의 질이 평가되는 것은 불행하게도 늘 그 이후의 문제이다. 더군다나 도시의 목표가 국제적 면모의 달성에 있다거나 나아가서 관광도시 운운하겠다면 그러한 관점은 더더욱 극대화된다. 이 도시도 예외일 수 없다.

건축가가 없는 건축들이 모여 있는 마을에 서면, 늘 불가항력에 부딪히고 불편하다. 기껏 건축이 새롭고 좋은 것만이 아니라는 생각을 다시 깨닫는 것이 고작이고, 문득 애절함에 사로잡힌다.

나는 이 마을이 곧 사라질 운명임을 예감하였다. 수많은 다른 여러 우주와 함께. 안타까운 마음으로 그림을 그리고 글을 남긴다. 이곳에 대한 기억의 보존에 일조하는 방법이 될까?

어떤 진혼곡

:: 부산 범일동

제목이 적절한지 모르겠다. 이곳의 숙명이 어느 유명인의 죽음에 못지 않게 내 가슴에 남는 것이니 비록 사람의 죽음이 아니라 해도 이해되길 바란다. 이처럼 장소의 변모와 그로 인한 기억의 멸절은 그곳에 살았던 사람들의 마음을 늘 아리게 한다.

이곳의 도시계획적 처리가 가타부타 말이 많았고 대놓고 결론짓지 못하였던 것을 나는 이해하였다. 삶의 진보란 명제 앞에 추억 따위는 늘 불편한 걸림돌이 아닌가. 반면 역사는 그러한 기억을 또 먹고 자란다.

이곳의 건축적 실체 또한 실로 허약하고 초라한 것이지만, 그렇다고 하여 그곳에서 보낸 질곡의 시간마저 덤프트럭에 담아 멀리 내버릴 수는 없는 노릇이 아닌가. 그리하여 새로운 질서를 주장하는 건축가의 적법은 대놓고 당당하지 말아야 한다.

어찌 서로를 탓하랴. 하물며 얼굴을 맞대고 살아온 사이라면 속내는 외치는 표현처럼 그리 야물지 못할 것이기 때문이다. 현장에는 그러한 갈등과 동조의 편린들이 봄바람에 펄럭이고 있었다. 절묘한 해결, 그것은 이곳에다 건축을 이루어야 하는 사람들의 몫이었다.

운명이라 할까? 얄궂게도 건축가의 입장은 늘 새것과 헌것이 교차하는 지점에 서게 된다. 그러한 동료의 입장을 바라보면서 그림을 그리고자 한 내 마음 또한 한가롭고 느긋하지 않았다. 동병상련이라 할까? 어쩔

118

2002. 12. 19. LjM.

수 없이 이중적인 마음이 교차한 것이다.

더 아린 것을 앞에다 선명하게 그리고, 좀 더 긴 시간 지속할 것들의 모습을 어둡고 불분명하게 그려 보는 것이 고작이었다. 딴엔 공평한 입장이 되어 보고자 한 것일까? 그러나 이 또한 먼 훗날 한통속의 기록으로 분류될지 모를 일이다.

역사는 길다. 그렇지만 나는 한 시점의 장면을 기록하려 한다. 내가 그러한 지점에 존재하였다는 개인적 확인이다. 다시 말하여 '매축지 마을'이 없어지던 역사의 어느 시점에 내 두 발로 서서 "사라지는 것은 모두 슬프다."라고 진혼곡이라도 불러주려 했던 것이다.

:: 매축지 마을

무얼 버리고 어떻게 남길까

:: 부산 범일동

'매축지마을 보존 가치 따져 보자 / 부산시 연구용역 추진'. 최근의 신문 기사다. 그곳은 늘 연민의 장소였다. 예를 들어 '시간이 멈춘 마을'이란 표현은 도시란 말이 있기 이전에 인간이 먼저 있었음을 상기하라는 역설로 들린다. 도시라는 집단을 이룬 우리는 본질에 앞서 과거의 에피소드나 텍스트 혹은 그것들이 이룬 형상 같은 것에 더 집착하는 것은 아닐까? 막상 삶의 절차란 너무나 치열해서 과거보다는 미래에 더 가까운 것인데 말이다. 시간을 멈추게 할 권리가 우리에게 있는가?

또 하나의 관점도 의문이긴 마찬가지다. 목포 어느 구역의 보존에 대한 일로 세상이 들끓었다. 정치적으로 비화한 것은 차치하더라도, 등장한 '문화'란 말의 이면에 추악한 그림자가 있을지도 모른다는 소문에 모두 짜증이 났다. 더 저급한 일은 보존될 경우의 부동산 가치와 재개발될 때의 그것이 일대일로 비교된 것이다.

이렇듯 자본으로 삶을 위안하려는 거주민은 종종 문화의 반대편에 있고, 자본을 문화의 다음 순서에 두라고 하기에 도시의 저력은 너무 허약하다. 자본과 문화, 절충은 답이 되는가? 하지만 그것이 우리가 만든 도시의 숙명이라면 이 또한 어찌 중요한 절차라 아니할까?

이즈음에 잠시 숨을 고르자는 당국의 입장은 마치 오아시스와 같다. 나는 어쩌면 마지막이 될지도 모를 이 마을의 구석구석을 걸어 보기로 했

2022. 10. 28 Ljm

다. 몇몇 사례를 떠올리며.

문화의 욕구와 자본의 열망이 상시 혼재하는 도시. 그러므로 재생이란 말은 현실적인 해결책으로 무엇보다 자연스럽다. 잘된 예로 일본 오타루의 창고 건물이 재생하여 문전성시를 이룬 것, 템즈강 화력발전소를 리모델링한 테이트모던 미술관의 성공, 폐허가 될 조선소 주변을 궁리한 스페인 사람들의 구겐하임 빌바오가 그것들이다. 이들의 공통점은 기존이든 신설이든 훌륭한 건축적 아이디어와 그 주위를 감싸는 환경이 일체가 되어 강력한 콘텐츠를 만들었다는 데에 있다.

이 마을의 킬러 콘텐츠는 무엇이 될까? 개발 중인 북항과는 자연스레 연결될까? 휑한 마을을 걸으면서 드는 생각들이다.

가장 나쁜 경우는 역사적이라 하여 시간에 매몰되는 일이다. 나는 종종 즉물적으로 박제된(?) 장소의 정지와 구속이 슬펐다.

하회마을이나 양동마을과 같이 지위를세계문화유산과 같은 얻은 경우는 그렇다 치고, 이러한 방식을 모방한 조잡한 사례들이 숱하다. 심지어 과거의 것이라 하여 빈곤까지 박제하고 희희낙락한 경우엔 '기억'이라는 인간의 단어에 절망하였다. 좀더 세련된 방법은 없었을까?

나는 일본 고베항의 작은 한 곳을 잊지 못한다. 그들은 엄청난 상흔지진매몰의 실체을 단지 몇십 평방미터 안에 축약해 두고 기억하고 있었다. 주위에는 언제 그런 비극이 있었냐는 듯이 새로운 것들로 활기를 띠고 있었다. 또한 건축가 다니엘 리베스킨트Daniel Libeskind는 '유태인 박물관'에서 유물이나 과거의 흔적 하나 없이 세련된 언어로 슬픔을 추모한 것에 박수를 친다.

이와 같이 더 진보된 기억의 방법이라면 설령 박물관에 집어넣는다고

하여 무엇이 문제일까? 실제로 박물관은 현재의 삶과 타협하는 가장 유효한 과거의 보존 방식으로 존재해 왔다.

두 발로 서 있으면서 머리로는 끊임없이 기억하고 상상하는 게 사람이다. 상상이 밖으로 나오는 것이라면 기억은 속으로 들어가는 일이다. 그것을 포함한 시간의 단면을 우리는 현재라 부른다.
그러므로 나는 그 둘이 현재의 생각과 정확히 일치할 때에 성공이라 믿는다. 그때 현재의 자본이 긍정되고, 과거는 문화가 되며, 앞으로 남길 가치가 또 생겨난다. 그렇다면 지금 우리는 무얼 버리고 어떻게 남겨야 하는가?
매축지마을의 문제에 정답이 없음은 물론이다. 모든 관점에서 이견이 대립할 것이다. 어쩌면 자본의 논리가 문화의 가치를 덮어 버릴지도 모를 일이고, 어쩌면 초라한 과거를 추억하기만 하는 저급문화가 도시의 품위를 추락시킬지도 모를 일이다.
신문 기사와 같이 모두가 걸음을 멈추고 다시 생각해 보아야 한다는 주장은 도시에 대한 우리의 관점이 더 진보했음을 말한다. 다만 연구가 될 그 가치에 지금처럼 사진 촬영의 배경이 되는 벽화, 맛집의 도열, 혹은 과장된 스토리 짜깁기는 없었으면 하는 것이다. 시의 약속대로 이곳 전체가 박제화될 조짐은 적지만 설령 박물관에 들어간다 하더라도 말이다.

사라지는 것을 그리다

:: 부산 범일동

괘울진 마을의 할머니.   2023. 10. 24.

내가 물었다.

"아주머니! 여기에 오래 사셨어요? 저기 있었던 그 집은 어디로 옮겨 갔습니까?"

"글쎄요? 다 떠나고 나만 남았네요."

아주머니의 대답을 듣는 둥 마는 둥, 나는 세상을 떠난 Y와 함께하던 골목의 냄새와 해장국집의 불그레한 국물과 아침까지 가시지 않던 술 냄새를 기억해 내고 있다. 그날도 겨울비가 내렸을 테고, 우리는 또 그 몇 해 전의 추억을 나누고 있었을 테다. 동네의 집들을 살피며 중얼거렸다.

"용케도 살아남았구나."

언젠가부터 그것들을 그려 두기로 하였다. 속절없는 것들에 대한 연민이었지만, 겉으로는 건축가의 책무의 하나라 말하곤 하였다. 그리하여 여러 장의 그림이 화첩에 남았다. 정지된 시간의 비애 때문일까? 색채가 아무리 화려하여도 그려진 집은 쓸쓸하기만 하다.

시간에 대하여 생각한다. 그것은 어디에 존재할까? 내 마음속일까, 아니면 마음을 비운 후, 빈 가슴 밖에 있는가.

매축지 마을. 여기에 오면 특별한 감정이 생긴다. 숙연의 예고(?) 훗날, 그림 앞에 섰을 때. 마치 오래된 사람의 무덤 곁에서의 느낌과 같으리라. 사라지는 것들 앞에서 태연히 그림을 그리는 마음이 편하지 않다. 하지만, 이러한 시간의 감정 정도는 꼭 남겨 두어야 한다는 생각으로 그려 둔다.

대청동. 몇 번을 더 와야겠다. 올 때마다 새로운 곳이 보인다. 이곳이 언덕 지대인 것은 다행인지 불행인지? 사람에 따라서 생각이 다르겠지만. 적어도 지금의 내겐 참 다행스러운 것이 아닌가? 아직은 재개발의 열풍에 휩싸이지 않았다.

해운대 재개발 현장. 아이러니하게도 사람들이 떠난 자리가 그리 삭막하지만은 않다. 그 와중에 나무와 풀은 잎을 피우고 떨어뜨려 가며 시간을 읽어낸다. 무채색으로 변해가는 것들 속에서도 아랑곳하지 않는 맑은 색을 발견하게 된다. 사람이 떠난 자리에서 그것들은 왜 이다지 천진하게 꽃을 피우는가?

:: 부산 해운대 재개발 현장

중앙동 그리고 동광동. 사회에 첫발을 내디딘 그곳을 오랜만에 걸었다. 야외 스케치 중이지만 뜻하지 않게 몽롱하고 아련한 시간 속이다. 더러는 저세상으로 가신 오래된 사람들의 그때는 미처 몰랐던 온기와 40년 전의 음식 냄새, 그리고 퇴근 무렵에 느끼던 낡은 외투 속의 체온과 어슴푸레하고 약간 푸르렀던 거리의 색깔. 모든 것을 생생하게 기억해 내었다.

건축 평론가 데이비드 리틀필드는 그의 저서 《건축이 말을 걸다》에서 이렇게 말한다.

> 오래된 건축은 당신 자신을 과거와 동일시하는 과정일 뿐만 아니라 앞으로 닥칠 과거의 일부이다. 그리고 미래 세대의 시선으로 당신 자신을 그려보는 과정이며, 건축물의 연대 속에 당신 자신을 자리매김하는 과정이다. 진품은 도면이나 컴퓨터 모형의 정밀성 안에 살지 않으며 완성된 구조물에 살지 않는다. 진품 건물은 삶을 지속적으로 받아들이는 어떤 것이다.

평론가의 말에 동의한다. 집이란 형태와 크기가 지니는 물리적 느낌이 아니라, 삶이 장소와 버무려져서 만들어내는 기쁨과 그것들이 쌓여가는 이른바 추억과 같은 것이 아닐까? 나이든 건축가가 고층 아파트의 방에서 비로소 생각해 보는 것이다.

가벼워지기

:: 부산 민락동

면도기 청소를 한다. 끈끈하고 찐득한 털의 덩어리, 잔해이고 배설이니 추할 따름이다. 무엇보다도 내 몸에서 나온 지방질과 화장품 탓이고, 공기 중의 먼지 또한 일조했을 테다.

더러운 기분은 거울로 옮아 동물적 상상을 한다. 나의 모습이 표범처럼 날렵하지 못하고 돼지처럼 미련해 보인 것이다. 만화 영화 〈센과 치이로〉의 한 장면에서 미야자키 하야오 감독은 그런 돼지의 추악함을 묘사하고 관객과 함께 치를 떨었다.

그렇다면 적게 먹어 볼까? 육식을 줄이고 채식을 늘리면 좀 나아질까? 아무래도 자주 씻어야겠지? 종말을 예측하지 못한 때늦은 사람이 거울 앞에서 고백한다. 참 쓸데없이 욕심부리고 복잡하게 살았구나.

취했던 것은 결국 거두어야 한다는 이 단순하고도 명료한 사실. 아~ 가벼워지기.

영주동이나 초량의 산복도로에서 내려다보는 광경은 참 이중적이다. 원양遠洋에서 불어오는 바람과 원시적 조망을 기대하던 첫걸음은 가벼웠다. 그러나 얼마 있지 않아서 나는 꽉 찬 도시에 질식해 버리고 그만 내려올 생각을 한다. 종국에 사위를 가리는 찬란한 밤 모습만이 이 도시의 메인 풍경으로 자리 잡을 것만 같다.

도시의 폭식, 그 앞에서의 절망. 매일 출근하는 길이라 하여 다를까? 거미줄 같은 선들 사이로 나는 곡예를 해야만 한다. 하루도 빠짐없이. 아~ 가벼워지기.

건축가 승효상이 '빈자의 미학'을 주장한 것은 아는 바다. 빈貧이란 가난하다는 말이나 우리말 '비다空'와 운이 같으므로 묘한 동질성이 느껴진다. 근래에 그분이 설계한 경북 경산 '무학로 교회'의 작고 단순한 모습을 보면 건축가가 견지한 생각이 잘 이해된다.

또한 법정스님께서 남기신 더 직설적인 말씀 '무소유'도 있다. 거소의 문 앞에 나무 걸상 하나만 덜렁 놓여 있던 '불일암'에서의 마지막 사진은 무척 인상적이었다.

그렇다면 그러한 적음과 비움에의 갈망은 뒤늦은 내가 견지해야 할 바인가. 아~ 가벼워지기.

그래! 사람은 물론, 하물며 모든 사물의 이치가 그러하다. 들이긴 쉬우나 내보내긴 어려운 것. 도시를 그리면서 생각한다. 비워내야 할 것은 내 몸뿐만이 아니라 내가 발 디디고 있는 이 꽉 찬 도시의 명제이기도 함을 알겠다. 아~ 가벼워지기.

:: 승효상의 건축을 스케치하다

바다와 게이블가

:: 부산 해운대

"와아!" 탄성이 터졌다. 유명 셰프와 연예인들이 이국에서 우리 음식을 만들어 파는 〈현지에서 먹힐까?〉라는 텔레비전 프로그램을 보는 중이었다. 이번 로케이션 장소인 허모사비치Hermosa Beach는 영화 〈라라랜드〉가 촬영된 곳이다.

저층의 건물들이 포진한 LA 근처 해변의 너른 풍경은 예상한 바였지만, 막상 클로즈업한 거리의 속 모습은 우리의 거리와 별반 다르지 않았다. 그럼에도 아내와 나의 입에서 탄성이 나온 것은 무엇 때문이었을까? 역설이겠지만 빈 공간이 주는 풍요, 뭐 그런 것이었을까? 모처럼 두 눈이 문명에서 해방되어 빈 바다를 지나 허공으로 날아올랐던 것이다.

방송의 주제인 음식은 뒷전이고, 나는 단순한 풍경의 느긋함에 한참 빠졌다. 유일한 시설물은 바닷속으로 길게 뻗은 직선의 보행통로. 어느 영화에서 연인이 사랑을 나누던 곳이다. 구조물은 주어진 제 역할만 하려

는 듯 싱거우리만치 모양이 단순했다. 형태와 장식이 과장되지 않고 바람과 파도에 겨우 견딜 정도의 구조이니 그것으로 풍경을 이루려 한 것이 아님을 알겠다.

풍경의 진짜 주인공은 파도와 바람과 햇살, 그리고 사람들의 표정임이 확실했다. 그 외에 무엇이 더 필요했을까? 단순한 디자인으로 다리를 놓으려 한 이들의 혜안에 나는 감탄하였다.

아내에게 물었다. "저들 앞에 분주하게 움직이는 케이블카가 매달린다면 표정이 저리 한가로울 수 있을까?" 아내도 나도 고개를 저었다.

순간 어쩔 수 없이 떠오른 나의 도시 광안리 바다. 거대한 다리 너머에 총총 매달릴 케이블카의 모습을 상상했고, 얄궂게도 "저곳에 왜 불꽃을 쏘아댈까?" 하던 지난 가을의 기억 또한 겹쳐졌다. 탁 트였던 가슴이 다시 답답해진다.

:: 부산 광안리 해변

부산 최고의 장소를 말하라면 나는 망설임 없이 도시와 바다가 만나는 접점들을 꼽는다. 내 집에서 걸어 나와 마주치는 해운대 미포의 풍경이라든지, 남천동의 사무실에서 잠시 나와 광안리 초입에 들어설 때 마주치는 풍경이 그렇다. 눈의 호사는 물론이고 해풍과 햇살과 해조음이 나를 일깨워서 순식간에 멀고 깊은 곳으로 데려다 준다.

헨리 데이비드 소로우가 말한 "자연은 순수하고 자애로워서 무궁무진한 건강과 환희를 알려준다. 그리고 무한한 동정심으로 만약에 당신이 슬퍼한다면 함께 슬퍼해줄 것이다."를 실감하게 되는 것이다.

시원의 바다가 삶의 터전에 이처럼 근접된 도시가 또 있을까? 태고로부터 시작되었을 소모되지 않을 그 원시적 사랑은 지금도 이 특별한 도시 사람들의 무한 비타민이다.

그리하여 바다를 대하는 우리 시대의 역할이란 물려받은 그대로의 모습으로 다음 세대에 물려주는 것이 아닐까? 모래 위를 걸을 때마다 드는 생각이었다.

좋은 도시의 일차적 바로미터는 살아가는 시민들의 편안함에 있다. 도시의 성패 또한 시민이 아닌 이방인의 관점에 있지 않다. 흔히 착각하는 것과는 달리 세련됨과 찬란함은 그 이후의 가치다. 도시의 해변이 관광 상품이나 축제장, 매장이기 이전에 시민들의 쉼터나 에너지 충전의 장소로서 먼저 고려되어야 한다는 말이다.

아무리 보아도 햇살과 바람을 밀치고 터지는 불꽃과 시야를 가리는 인공물은 주제넘다. 하물며 그 위로 붕붕 떠다니는 번잡과 속에 앉은 이방인의 일시적 쾌락은 저속하기까지 하다. 제 자리를 빼앗긴 시민이 참 억울한 반면에.

이미 모래 쪽으로 바짝 전진한 고층건물들이야 사유재산이니 그렇다 치자. 바다와 산이 위정자나 자본가 개인의 목적에 양보될 수 없는 공유물임을 모르는 사람이 있을까?

그러나 잊혀질 만하면 관광을 등에 업고 다시 등장한다. 해상 케이블카를 추진하려는 사람들의 주판알이 이번에는 여론을 등에 업기로 한 모양이다. 추진 시위가 일어나는 등 집단적 행동들이 보이기 시작했음이 그런 징후다.

자본과 권력의 야합, 혹은 지도자의 야심을 위하여 국토가 망가지는 광경을 목도한 예는 얼마든지 있다. 치유되지 못하는 상처를 보면서 자연 앞에서 겸허해야 함을 배운다, 실수를 반복하지 말아야 한다.

악惡에 가까운 그릇된 자본은 민첩하고 교묘하여 호시탐탐 자연을 노린다. 때로 여론과 집단이라는 가면을 쓰기도 한다. 하지만 선善의 가치가 힘의 논리에 앞서는 것이 성숙된 사회의 모습이다. 이 도시 사람들은 그런 역량이 충분하다. 시민의 공익을 위임받은 사람들이 최종적으로 믿어야 할 부분이다.

광안리 앞바다의 케이블카 설치에 대한 논란은 더욱 뜨거워질 것이다. 이즈음에 결정권자를 포함한 우리는 허모사비치 사람들이 왜 모양이 단순한 다리를 시설하고 그 위에 페인트조차 칠하려 하지 않는가를 헤아려야 한다.

영리한 그들은 알았다. 있는 그대로 두는 것이 자연을 상대로 우리가 취할 수 있는 최대의 선이란 것을. 도시에 속한 자연이라 하여 다를 바 없다. "자연은 순수하고 자애로워서 무궁무진한 건강과 환희를 알려준다." 데이비드 소로우의 말이 또 떠오른다.

큰바람

:: 부산 기장군

태풍전야. 바람을 맞을 준비를 하는 사람들의 침묵이 고요하게 흘렀다.
계절의 흐름에 변함이 없듯이, 사람들도 인생을 통하여 자연의 변화에
익숙하게 된 것일까? 그리하여 이맘때가 되면 사람들은 바람의 기억을
떠올린다. 그것은 추억이기도 하지만 몸서리치는 경험이기도 하였다.
올해도 예외가 없다.
거대한 자연 앞에 사람은 얼마나 작아지는가? 강한 바람 힌남노2022년 제

11호 태풍는 예상대로 이 도시를 관통하였고, 시민들은 불안에 떨었다. 건축에 종사하는 내 주변은 특별히 초긴장 상태였다. 방치된 건축자재는 물론, 공사용 가시설, 장비는 바람에 노출되기에 십상이다. 특히 고층건물의 현장일 경우에는 피해가 당해 현장에 국한되지 않을 것이다.

취약한 것이 오직 시공 현장뿐일까? 이 계절에 불어오는 큰바람은 도시 디자이너와 건축가를 더욱 긴장하게 한다. 건축과 도시의 허약함에 대하여 잘 알기 때문이다. 빌딩 숲을 관통하는 바람이 이번엔 어떤 묘수를 부릴까? 우리의 도시와 건축들은 그러한 바람에 얼마나 적응할까? 문득 그런 질문에 직면하게 되고, 갑자기 두려워진다. 어느덧 이 도시가 거대한 빌딩의 숲이 된 것이다.

지난 폭우에서 경험한 것을 생각해 보면, 화를 더 키운 것은 단순한 논리를 간과한 것에 있었다. 문제의 실마리가 시설물이나 시스템에 있었기보다는 자연의 현상에 순응하지 못한 어리석음에 있었다.

한 시민이 쓰레기로 막힌 맨홀 뚜껑을 청소하여 물길을 틔운 일과 같은 단순하고 원칙적인 태도가 재난을 예방한다. 재난을 당해야만 그 단순하고 평범한 원칙들이 비로소 보이는 것일까? 우리의 건축과 도시는 이 단순한 논리에 얼마나 충실한가?

세계에서 손꼽는 고층건물의 도시가 된 부산. 시각적 품격이 높아진 반면, 여러 가지의 도시문제가 생겼다. 일조 문제로 인한 환경 악화는 오래된 일이고, 고층건물 밀집 지역에서 일어나는 돌풍, 소위 빌딩풍의 발생도 빈번해졌다. 고층건물을 설계할 때는 바람을 고려하여 '풍동설계'와 같은 기술적, 제도적 장치가 있기는 하지만, 바람과 고층건물과의 환경적 상관관계에 대하여는 여전히 설왕설래되고 있다. 도시의 이미지

향상에 대한 반대급부를 참을성 많은 시민이 견디고 있다고나 할까?

우리 인류가 터전인 지구를 잘못 다룬 관계로 나날이 험악해져 가는 자연재해를 한 도시나 집단이 어쩔 수 없겠지만, 도시계획이나 건축은 도시 관리자가 충분히 다룰 수 있는 영역이다. 도시, 건축과 바람과의 관계는 폭우 시 물의 흐름에서 관찰했듯이 매우 단순하다. 높이가 절제되고 틈이 넓어지면 바람은 순해진다. 그게 바람을 대하는 도시와 건축의 기본 원리이다.

건축과 도시의 역사를 살피면 인간이 자연에 순응한 예는 많다. 바람이 들지 않는 곳에 바람이 잘 통하도록 만든 건축, 바람이 드센 지역에서는 바람이 잘 지나가도록 조성한 도시의 예. 도시의 역사를 보면 늘 자연의 원리가 잘된 도시와 좋은 건축의 원칙이 되고 있음을 알 수 있다. 지금 이 도시는 그렇게 조성되고 있는가?

큰바람이 이 도시를 지나갔다. 밤을 틈탄 바람의 기세가 하늘을 찔렀고, 고층아파트 내 집 주위에서 광란의 절정을 이루었다. 집이 흔들리고 속이 울렁거려 지하에라도 내려갈까 망설이기도 하였다. 60층, 100층에 사는 사람도 있는데 어떨까 하고 위안도 해보았지만, 그게 무슨 대수인가. 당장 내 앞의 바람이 무섭다.

나는 왜 이다지도 높은 곳에서 바람을 맞아야 하나? 이 고층의 집은 자연의 원리에 얼마나 충실하였을까? 혹 그러하지 못하여 문제라도 생긴다면? 밤새 잠들지 못하고 집에 대하여 생각하였다. 가장 안전하고 편안해야 할 집이란 곳에서 그 집으로 인하여 공포를 느껴야 한다니 이 무슨 아이러니인가.

내가 믿었던 기술은 거대한 자연 앞에 등불이 되기나 할까?

도시에 대한 동물적 상상

:: 상상화

카프카의 소설 《변신》에서 주인공 게오르그는 어느 날 제 몸이 거대한 벌레로 바뀌었음을 알아채고 비로소 자신에 대하여 생각하게 된다. 방 밖의 식구들은 아무 관심이 없으니 철저하게 홀로이다. 정상으로 돌아가기 위한 모든 궁리와 방안은 오로지 자신만의 몫이며, 울이 되었던 타인과의 관계란 무척 허무한 것임을 알게 된다.

'Elephant in the room'. 코끼리가 방에 들어가는 엉뚱한 상상 또한 여러 가지 이야기를 만들어 낸다. 거대한 코끼리가 좁은 방에 들어가면 어떻게 될까? 우선 둔한 걸음걸이로 인하여 방안의 가재도구들이 박살 날 것은 불을 보듯 뻔하다. 그러한 상상은 영화 〈쥬만지〉에서 한 장면으로 연출되었다. 마술 가방에서 나온 야생동물들이 집을 향하여 돌진하고, 관객들은 숨을 죽여야만 했다. 갇힌 코끼리의 답답함은 또 어떠할까?

코끼리를 방에 넣는 상상에서 사람들은 생각한다. 집과 방이라는 사람들의 물건과 코끼리의 부조화를. 그러한 생각이 코끼리를 다시 들과 숲으로 돌려보내야 한다는 데에 미친다면 영화의 교훈은 성공이다.

반면, 좁은 방 안에서 점점 몸집이 커져 몇 시간이 지나면 마침내 방 안에서 옴짝달싹하지 못할 것을 상상하는 게오르그의 실존적 허무는 어떠했을까? 방 안의 코끼리가 육체적 괴로움에 어쩔 줄 몰랐다면, 카프카의 게오르그는 정신적 고통에 시달린다.

명절을 맞아 부모님 산소로 향하는 길. 부산의 동쪽 끝에서 서쪽으로 향하면서 문득 카프카의 벌레와 쥬만지의 코끼리를 생각하였다. 이 도시가 산을 등지고 바다를 안고 있기에 유유히 차 안에서 도시 전체를 관망할 수 있다. 마치 방 안의 코끼리를 관찰하듯이.

장산, 백양산, 황령산이 아니더라도 영주동, 수정동 산복도로에만 올라도 수많은 구릉과 골로 연속된 도시의 모습이 한눈에 들어온다. 오늘의 나처럼 차를 타고 해안도로, 광안대교, 부산항대교, 남항대교, 을숙도대교를 지나다 보면, 마치 연의 꼬리와 같이 길고 독특한 도시가 한눈에 든다. 사는 곳을 이처럼 직관적으로 관찰할 수 있는 도시가 또 있을까?

도시 풍경은 시민이 만들어 가는 것이다. 건축가와 도시계획가가 먼저 안목을 가져야 함은 물론이지만 오랜 도시의 역사에서 보았듯이 도시계획만이 도시를 만드는 것이 아니다. 건물 하나하나가 모여 도시가 이루어지듯 결국 시민들의 안목은 중요하다. 도시 사랑. 그것은 참된 시민의 의무이며 역할이다.

시민들이여! 질식할 정도로 꽉 차 버린 이 도시를 관찰해 보시라. 구릉과 골의 구분이 사라진 지 이미 오래. 구릉은 깎이고, 골은 모두 콘크리트로 덮였다. 천혜의 해변은 50~60층 건물의 앞마당에 불과하며, 육지의 끝마다 건물이 들어차 시민들은 길을 잃었다.

천편일률적으로 길기만 한 도시의 스카이라인은 특성을 잃고, 샌프란시스코의 아름다운 언덕과 리우데자네이루의 코파카바나 해변을 겹쳐보곤 하던 나의 환상은 기억의 저편에 있다.

나는 산과 바다에서 이 도시를 바라볼 때마다 카프카의 벌레와 쥬만지의 코끼리를 발견하게 된다. 질식할 만큼 꽉 차버린 집들과 줄어드는 도시의 인구. 용적의 욕심에 건물은 도로에 큰 그늘을 만들고, 좁은 틈으로 건물 사이 바람은 드세어졌다.

사람들은 높은 집과 좁은 방에 갇혀 버렸고, 밖으로 나오면 길을 잃는다. 재개발 열풍이 도시의 질서와 사람의 삶을 흐트러 놓지는 않았는지 생각해 볼 일이다.

하물며 집이 늘어나자 사람들이 다른 도시로 떠나버리고, 욕망의 찌꺼기가 쌓인 곳에 점점 불빛이 사라지고 있으니 더 큰 일이 아닌가.

:: 이질적 공존, 청사포

빈집 줄까?

:: 부산 영주동

바닷바람 시원한 해변, 물기 머금은 모래밭에서 아이들이 논다. "두껍아 두껍아! 헌 집 줄게 새집 다오." 촉촉한 모래를 다지고, 허물고, 또다시 모래 동굴을 만들어 가는 놀이에 시간 가는 줄 모른다. 아이들에게 허무는 일은 새로 만드는 일과 같다. 둘이 아닌 일체의 행위이다. 아이들의 모래집을 보면서 어른들이 만드는 집에 대하여 생각한다.

어른들이 너 나 할 것 없이 집 만들기에 몰두하게 된 것은 언제부터였을까? 삶의 목표가 된 집짓기 열풍은 개미지옥을 연상시킨다. 올라올 수 없는 블랙홀이 되어 모두를 가두고 말았다.

어른들이 멀쩡한 집을 과감하게 허무는 동력 또한 궁금하다. 이른바 재개발이라 부르는 어른들의 집 만들기도 아이들처럼 상상력과 창의력으로 출발하였을까? 그렇지 않으면 비생산적이며 무의미하고, 하물며 불순한 것은 아닐까?

개발이란 말이 사회의 선이며 덕으로 자리 잡은 지 오래다. 개발 앞에 여타의 가치들이 무너진 것은 물론이고, 하물며 개발에 저항하면 사회의 배신자로 치부되기도 한다. 개발의 기치 앞에 다른 가치들은 늘 무의미했다. 예를 들어 '주택 보급률'과 같은 말들이 국가의 공동 목표가 되었으며, 그것의 달성을 위해서라면 아무리 나쁜 방식의 개발도 용인되었다. 그린벨트가 허물어지고, 토착민이 강제 이주되었다.

심지어 인문, 지리, 역사적 자취들마저 흔적 없이 허물어 버린 사례들이 비일비재하였다. 많은 건물이 사라지고, 더 많은 집이 지어졌다. 도시는 숨쉴 틈 없이 꽉 차고, 크레인과 덤프트럭은 거리의 주요 풍경이 되었다. 이러한 어른들의 집놀이는 아이들처럼 창조적인가?

한편 얼마 전 모 방송의 기사는 꽤 충격적이다. 아나운서는 "앞으로 부산에는 노인과 바다만이 남게 될 것이다."라고 말했고, 화면에는 사람이 살지 않는 폐허와 같은 동네의 그림들이 겹쳐지고 있었다.
빈집이 5,000호를 넘고 학교에는 아이들이 사라졌다. 머지않은 미래의 인구 예측치는 상상을 초월한다.
오래된 마을들이 재개발의 동력을 잃은 지 이미 오래다. "헌집 줄게 새집 다오."라는 구호

가 이제는 먹히지 않는다. 하물며 어찌어찌하여 헌 집을 부수고 새로 지은 집들은 사람을 채우지 못하고 있다.

여느 실패한 도시에서 보듯이, 주택 보급을 달성한 도시가 목표를 잃고 또 다른 고민에 빠질 것은 분명해 보인다. 거기에 노령화와 인구 감소와 같은 악재들이 유령처럼 개입한다.

이즈음에 주택의 수를 늘인다는 것은 바보짓임에 틀림없다. 개발을 위주로 한 도시경제에 빨간 불이 켜진 것이다. 더 큰 문제는 새집조차 빈집이 된다는 것이다. 교환되지 못하는 빈집의 처리 문제는 매우 심각하다.

집이 도시를 이루는 살과 같은 것이라면, 시민은 살 속을 흐르는 피와 같다고 할까? 한 치 앞도 내다보지 못하고 살을 불려온 도시. 그 비대한 몸에 피가 흐르지 않아 드디어 숭숭 구멍이 뚫리기 시작하였다. '개발 열풍'과 같은 말이 공허해지자 당국도 집주인도 급해졌다.

"헌 집 줄게 새집 다오."란 말이 슬슬 꼬리를 감추고 이제부터는 "빈집 줄까?"라고 외치기라도 해야 할 모양이다.

산행 경험을 떠올린다. 어느 때부터 오르는 일보다 내려가는 일이 어려워졌다. 나이가 들어 무디어진 주의력과 비대해진 몸 탓이며, 목표로 한 정점이 결코 완성이 아니라는 허탈감도 한몫한다.

비어 가는 도시가 늙은 내 몸과 무엇이 다르랴. 살만 피둥피둥 찐 도시가 지레 늙고 있다. 애당초 이 도시는 무엇으로 채워졌어야 했던가? 살이었던가, 피였던가?

신도시의 비애

:: 인천 송도

사람에게나 사물에나 한계라는 것이 있다. 내구연한이라고도 하지만 자
칫 사람에게는 무엄하고 실례되는 말이라서 수명이란 말이 더 적합해
보인다. 그러면 사물에도 사람과 같이 생명이 부여된다.

건축의 수명은 좀더 다양하게 판단되어 왔다. 소멸 이후에도 기억이나
정신으로 남기도 했을뿐더러, 수백 년 혹은 수천 년에 걸쳐 형태가 보존
되고 기능이 유지되는 경우도 있었다.

또한 과학이 점점 내구성이 좋은 재료를 개발하고 있으니 물리적 수명 연장은 더욱더 긍정적이다. 만든 사람은 떠나도 건축은 남을 공산이 큰 것이니, 건축의 수명은 사람보다 길다.

하지만 현대 건축의 수명은 예상과 달리 점점 짧아지고 있다. 이른바 건축의 사회적인 수명이란 것으로, 사용자의 갈망이 이전보다 훨씬 다양해지고 변화에 대한 욕구가 강해졌다는 의미이다. 변화의 속도는 의상 패션의 유행 속도와 맞먹을 정도이다.

그래서 건축의 주변에는 수시로 변화가 일어난다. 외관, 인테리어, 조명 간판, 심지어 사용자까지도 늘 바뀌고 있음을 보게 된다. 따라서 건축의 파괴는 다반사가 되었고, 대들보에 상량문을 걸어 집이 영구히 보존되기를 갈망하던 시대의 논리는 이미 무용하다. 덕분에 도시는 신도시란 이름으로 새 건축의 수를 양껏 불렸다.

그리고 꽤 시간이 흘렀다. 다를 바 없이 신도시의 건물들 또한 사회적 갈등 속에 놓이게 되었다. 집단으로 건축된 신도시 건축의 수명 단축 문제는 건축가인 나를 특히 우울하게 한다. 심각한 것은 동시다발적으로 생산되었던 것들이 일시적으로 한계에 다다르는 상황에 대한 예측이다. 내가 사는 이 지역도 얼마 전까지 빛나는 신시가지였으나 지금은 영락없이 구시가지가 되었다. 그 와중에 새로운 것에 대한 사람들의 갈망은 끝이 없다. 창호를 교체하는 사람들이 늘고, '인테리어 공사 중이니 양해 바랍니다.'라는 안내장이 수시로 붙는다. 동병상련이니 모두 긍정하고 양해한다.

그러던 중에 내가 사는 아파트에도 드디어 큰 문제가 생겼다. 20여 년을 굴렸으니 엘리베이터의 기능이 한계에 달했나 보다. 건축구조물 안에

장착된 큰 기계라 교체작업이 쉽지 않고 적어도 한 달 정도 소요된다고 하니, 입주민들이 난리가 났다.

한 건물에 엘리베이터가 한 대뿐이라서 이웃 라인 통로를 잠시 이용할 처지도 못 되니 난감하다. 30층에 가까운 고층에 사는 노인과 어린이들에게는 더욱더 큰일이다. 혹 장애인이라도 계신다면 어쩔 것인지? 관리실에서는 소극적 지침을 주고 딴청이고, 이웃 사람들은 기회에 체력 보강이라도 하라고 농을 던지기도 하지만, 막상 당사자는 예삿일이 아니다. 음식, 쓰레기 처리, 배달, 출퇴근, 우편물 등, 삶의 절반이 동결될 처지에 놓인 것이다.

:: 안개 낀 도시, 부산 좌동

코로나 사태 이후 또 집에 갇힌 나는, 수시로 창밖을 보며 비상용 엘리베이터의 필요성을 절감하게 되고, 고층건물에 사는 취약함에 몸을 떤다. 눈을 돌리니 사방 천지에 이 아파트와 다를 바 없는 처지의 아파트들이다. 신도시란 이름으로 거의 동시에 지어졌으니 수명이 같다고 보아야 한다.

여기저기에서 우리 아파트와 같은 문제에 다다를 것은 보나마나다. 그리고 얼마가 더 지나면 행정가와 건축가들은 이 거대한 구역의 동시다발적 소멸을 논할 것이다. 더군다나 사람들의 욕망과 조급증이 가세하여 점점 더 그 기간을 단축하고 있으니 마음이 무겁다.

출근길 하강에서 생각이 깊어질 것이다. 골목과 단층주택을 뛰어다니던 시절을 그리워하게 될 것이고, 오랜 수명의 낡은 건축들을 다시 보게 될 것이며, 미래를 예측하지 못한 내 직업의 허점을 반성할 것이다. 신축과 신도시는 언제까지 희망과 발전의 산물이 될 터인지? 퇴근길에는 신도시의 30층을 또 무겁게 올라야 한다.

아~ 도대체 신新이라는 접두어의 수명은 어디까지인가?

용적률과 그린벨트

:: 경기도 연천군

정부의 부동산 정책이 혼선을 빚고 있다. 특히 그린벨트를 해제하느냐 마느냐를 두고 부처 간의 대립이 만만찮다. 거기에 환경단체와 재계의 의견이 개입되면서 좀체 결론에 이르지 못하고 있다. 주택 공급물량을 늘려야 하는 절박함에는 대체로 동의하지만, 그 방법에 대하여 의견이 분분하다.

땅의 면적을 늘려 건축의 부피를 키우자는 주장과 기존 도심의 법적 용적률을 높여 여지를 확보하자는 쪽의 대립이다. 이른바 수학적 논리 싸움이다.

용적률이란 대지의 면적에 대한 건물 용적의 크기를 나타내는 도시계획 용어이다. 파생된 말로 용적률 상한제, 용적률 쿼터제, 용적률 인센티브 등 여러 가지가 있으니, 이는 용적률의 크기가 사회의 여러 문제와 밀접한 관계에 있다는 것을 의미한다.

반면 그린벨트는 국토의 환경보존을 위하여 개발이 유보된 부지이다. 그것의 해제는 곧 환경파괴로 연결된다. 당국이 쉬이 결정할 문제는 아니다. 어찌 보면 도시경제의 문제보다 더 우위에 있어야 할 명제이다. 그러니 논쟁은 당연하며 좋은 결론에 도달해야만 한다.

서울 경기 지역이 특히 심각하지만, 지방의 대도시라고 하여 예외일 수는 없다. 일과성이 아니라 지속해서 갈등을 일으킬 것이다. 실은 그것이 우리 도시의 아픈 역사였다. 근래에 와서 더욱 빈번해졌다고나 할까.

나는 이번 사태를 보며 '땅 짚고 헤엄치기'라는 말을 떠올렸다. 행정가의 입장으로는 기존의 도시질서 혹은 주민들과 골치 아프고 지루한 싸움을 하느니, 그린벨트 해제라는 단순한 처방으로 해결하려는 것에 어찌 유혹되지 않았을까?

저렴한 가격으로 부지를 확보하고 집을 지어 비싼 값으로 팔아먹을 궁리를 하는 자본가들의 이기심도 보태어졌을 것이다. 사악한 저의는 늘 숨어 있다. 이즈음에 작가 이탈로 칼비노의 도시에 대한 아름다운 묘사를 떠올려 본다.

계속 이어지는 길들, 그 길을 따라 서 있는 집들과 대문들과 창문들. 여행자는 잠 못 이루는 밤이면 그런 '조라'의 거리를 걷고 있는 상상을 하며 구리시계, 이발소의 줄무늬 차양, 아홉 개의 구멍에서 물이 뿜어져 나오는 분수, 천문학자의 유리탑, 수박 장수의 좌판, 항구로 향하는 골목이 차례로 이어지는 모습을 떠올립니다.

오래된 도시에 관한 추억의 소환이나 향수에 대한 이야기가 아니라 도시의 본질적인 의미를 읽으려 했음이다.

도시란 원래 그렇게 복잡한 곳이다. 그런 곳에서 사람들은 낯선 사람들과 부대끼며 나를 나타내기도 숨기기도 한다. 복잡하지 않으면 도시는 의미를 잃는다. 그러한 삶에 실증나면 전원으로 떠나면 될 일이다.

:: 도시의 일상적 풍경, 부산 재송동

다시 말하여, 도시적 삶 자체가 복잡함의 연속이다.

그러한 복잡함을 단순화하여 일률적으로 끌고 가려는 것이 도시계획의 목표라면 맹점은 곧 거기에 있다. 이번의 일만 하여도 비어가는 도심을 도외시한 채, 좀더 그림 그리기 쉬운 땅을 찾겠다는 주장이 아닌가. 더군다나 그린벨트라니.

환경의 문제도 그렇지만 실은 도시의 본질적인 의미를 더 살펴야 한다. 영역의 수평적 확장은 쉬운 해결책이긴 하나 바보 같은 선택일지도 모른다.

복잡하게 생각할 이유가 어디 있는가? 도시는 원래 복잡한 곳이다. 그런 관점으로 도심, 특히 원도심을 바라보면 된다. 이전의 복잡함을 다 잃어버린 허전한 거리와 퀭한 주민들의 표정. 답은 거기에 있다. 거기에 다시 복잡다단한 생기를 불어넣어야 한다.

용적률, 그게 무슨 대수인가? 더하여 도심의 높은 용적률이 오히려 도시의 매력이 된다. 다만 여느 신도시처럼 획일적이고 일률적이고 위압적인 높이, 특히 자본의 볼모가 되는 길을 에둘러 차단하면 될 일이다. 그게 진정한 정치력이고 행정력이 아닌가.

태종대 가던 길

:: 부산 태종대

오백 년 도읍지를 필마로 돌아드니
산천은 의구하되 인걸은 간데없네
어즈버 태평연월이 꿈이런가 하노라

낙향하면서 세월의 무상함을 언급하는 선비의 감상에 비할 바는 아니지
만, 오랜만에 가는 길에서는 습관처럼 이 시조를 중얼거리게 된다.

그러나 태종대로 가는 길에 뜬금없이 조지훈의 시 〈승무〉가 떠오른 것은 의외였다. 바다 풍경이 시와 연관되었다기보다는 시어 중의 한 단어 때문이다. 어쩌면 내가 이 시를 간간이 외우는 이유도 '외씨버선', 그 말 때문일지도 모른다.

소매는 길어서 하늘은 넓고
돌아설 듯 날아가며 사뿐이 접어 올린 외씨버선이여

나는 버선을 외씨오이의 씨 모양으로 관찰한 시인의 탁월함에 주목하였다. 기억 속 어머니의 버선도 하얀 외씨 모양이었기 때문이다. 그 중에서도 버선코는 압권이었다. 발목에서 시작한 완만한 곡선이 엄지발가락 끝에 이르러 과하지 않은 길이와 각도로 하늘을 향해 살짝 치켜들면서 버선의 곡선은 끝이 났다. 어머니의 발치에서 그 끝을 유심히 바라보곤 했다.

아파트 건설이 러쉬를 이루고 있는 영도 해안가를 지나면서 나는 시를 외우기도 하고, 도시의 두 얼굴에 대하여 생각하기도 한다. 발전이라는 운행 속에서의 변모와 그럼에도 사람들의 추억을 불러내 주어야 하는 도시의 복합성에 대하여. 이곳도 많이 바뀌었구나. 나는 추억을 찾으려 도시의 끝쪽으로 향하고 있는가? 아니면 신도시를 탐색하는 중인가? 도시의 품은 늘 내 어머니와 같았고, 나는 버선의 끝으로 향하려는가? 마침내 나는 태종대에 다다르고, 도시의 끝을 다시 생각하였다. 어머니 외씨버선의 선이 허공의 어느 점에서 머물 듯 땅이 흐르다가 마침내 바다와 맞닥뜨려야 하는 곳. 인간이 이룬 인공의 것들이 더 나아가지 못하고 불가항력을 만나는 그런 지점에 대하여.

그 끝의 환상이 오늘 나를 바다로 불러내었는지도 모른다. 어쩌면 '케이프타운', '땅끝마을', '호미곶'과 같은 그런 이방의 풍경조차 그리워하였는지도 모른다.

이곳은 새해 벽두에 해를 맞이하는 곳이기도 하고, 그 해가 슬며시 바다로 스며들어 다음 운행을 준비하는 의미를 목도하는 곳이기도 하다. 때론 찌든 도시의 노곤함을 버리고 다시 생의 불을 지피는 지점이기도 하다. 아~ 땅의 끝을 지닌 이 도시는 얼마나 축복인가. 나는 들판에 세워진 도시가 하나도 부럽지 않다.

그리하여 도시를 다루는 사람들은, 이 도시의 끝 지점에서만큼은 특별히 신중해야 한다. 도시와 자연이 만나는 접점은 마치 시인이 시어를 창조하듯 곱고 섬세하게 다루어야 한다.

:: 창 밖으로 바다가 보이는 풍경, 해양박물관

그곳은 외씨버선의 선이 허공을 향해 자연스럽게 흘러가듯 지나친 각도를 가지지 않아야 하며, 무거운 크기여서도 안 된다. 그것의 끝이 향하는 하늘의 색과 그들의 조우가 일으킬 바람과 무엇보다도 그곳에서 사람들이 느낄 설렘에 대하여 생각해야 한다.

도시의 끝을 다루는 우리의 솜씨가 그러지 못하였기에 나는 늘 안타까웠다. 오래전 몰운대 뒤편에 거대한 아파트 군집이 들어설 때 그랬고, 오륙도 앞에 병풍처럼 아파트가 펼쳐질 때도 그랬다. 그뿐만이 아니었다. 곧이어 해운대, 송도, 남천동의 끝자락에도 여지없이 거대한 아파트들이 무례하고 폭력적인 모습으로 서기 시작했다. 그로부터 도시의 끝 지점들은 새로운 출발점이 아니라 정말로 끝이 되고 만 것은 아닌지.

오호~ 이곳 동삼동의 끝자락도 말이 아니구나. 풍경을 독점하려는 거대 아파트의 욕망 때문에 아치섬영도 동삼동에 있는 작은 섬으로, 한국해양대학교 캠퍼스가 있다, 태종대, 오륙도, 그 아름다운 것들의 모습이 참 초라해졌구나. 내가 이곳에 와야 할 일이 점점 줄어들겠다. 참으로 슬픈 일이다.

바다의 끝

:: 부산 해운대

해양문학을 즐기는 이유는 태생이 바닷가이며, 지금도 바다 근처에 살고 있기 때문이 아닐까 한다. 부산일보 신춘문예 출신 작가 김부상은 고집스럽게 해양 관련 글을 써오고 있다. 그의 글은 부산을 닮아 진취적이다. 이번에 출간한 장편소설 《아버지의 바다》는 원양어업의 출발지로서 부산을 그리고 있어 흥미로웠다.

작가가 몇 년 전에 바다 이야기를 주제로 단편들을 엮어 첫 소설집을 출간하였는데, 특히 제목으로 붙인 '바다의 끝'이란 말에 나는 흥미를 느꼈다. 작가가 말한 바다의 끝은 어디일까? 평생을 육지에서 산 나 같은 사람은 바다 끝의 실체나 관념, 어느 하나도 상상할 수 없다.

작가가 들으면 웃을지도 모르지만, 막상 바다에서 본 바다의 끝은 육지가 아닐까 생각한 것이 고작이다. 이후로 바다에 나가면 그 끝에 서 본다. 바다의 끝이자 육지의 끝이기도 한 그 지점에.

맞아! 수억 년 전, 인간의 시초가 미생물이었을 시절에도 이곳은 분명 바다의 끝이었을 게다. 거기, 그 경계로부터 한 생명의 상륙과 입수가 반복되었고, 그 호기심을 시작으로 지금의 내가 있을지도 모른다. 미생물에게 바다의 끝은 지금 내가 발을 디디고 있는 이 땅이다. 그렇다면 거기는 끝인가? 아니면 끝이 아닌 출발점인가?

그때의 그곳이 여전히 여기에 있고, 나는 지금 거기에 서 있다. 그리하여 내가 가끔 바다를 향해 달려가는 것은 어쩌면 그 시절에 대한 원시적 그리움일지도 모른다.

얼마 전, 건축가인 동료의 페이스북 글을 읽고 동의하였다. "바다를 통째로 막아버렸다. 누가 이런 기획을 하였을까? 그리고 왜 아무도 이 일을 막지 못했을까? 자갈치 골목에서 바다는 사라졌다." 지난해부터 문제가 된 소위 '자갈치 아지매 시장' 건물의 건축에 대한 아쉬움의 토로였다.
두 번에 걸쳐 이루어진 이 프로젝트는 난전을 이루던, 소위 자갈치 아지매들의 터전을 건물 안으로 옮겨 현대화하고. 내친김에 수직으로 공간을 더 확대하여 상업적으로 활용해 보자는 시도였다. 설계 공모와 공사 입찰로 일은 진행되었는데, 절차와 법에 여러 가지 오류가 생겼다. 더욱이 상인들과 조율되지 않아 건물의 활용에 문제가 많아 여전히 불만이 오르내리고 있다.
하지만 나와 그 건축가가 주목한 것은 길쭉한 건물의 기능에 대한 불만

이 아니라 좀더 근원적인 데에 있다. 앞서 말했듯이, 그곳이야말로 육지와 바다가 만나는 곳이다. 끝이기도 하고, 또한 끝이 될 수 없는 지리적 지점, 태생적으로 삶의 터전이 움튼 곳이란 점이다.

그럼에도 '그 끝 지점을 다루는 우리의 태도가 얼마나 무지하고 폭력적인가?'와 같은 건축의 태도에 대한 실망이며 아쉬움이다.

근래에 들어 그러한 사례가 빈번하다. 폭력적 건물로 그곳의 풍경을 독점하려는 반시민적 욕망이 다반사가 되었음에도 우리는 덤덤하다. 금빛 해변과 바다를 바라보던 초록 언덕을 몇백 가구의 주민들에게만 통째로 내어주는 일도 더는 이슈가 되지 못한다. 이성을 잃은 도시가 자본에 굴복하였다는 말인가?

또 다른 이유로 나는 북항 재개발 같은 일을 반대하였다. 이 나라의 부흥을 이룬 시작과 끝점으로서의 역사와 기억과 감정의 멸절이 안타까웠다. 이번의 자갈치의 사례 또한 다르지 않다. 도시를 설계하는 학자와 관료들의 더 넓은 시야와 관점이 아쉽다.

도시를 만드는 사람들은 그곳이 지켜온 이미지와 스토리, 역사와 장소로서의 도시적 맥락에 집중하여야 한다. 하물며 난전에 앉아 파도 소리를 들으며 머~언 미생물 시절의 그리움에 빠져드는 한 생명체의 본능도 보살필 수 있어야 한다.

도시는 생명체가 이루어낸 또 하나의 생명체이며, 그 근원은 개개 시민의 가슴에 닿아 있다. 도시의 끝은 그 출발점이며 생장점이다. 끝이면서 끝이 될 수 없는 그 지점, 거기를 틀어막고 숨통을 조여서 어떤 도시로 만들려는 것일까?

끝이 막힌 바다에 선 건축가는 허탈하고, 뜬금없이 해양문학가의 자유가 부러워진다.

:: 미포항 풍경

물의 도시

:: 부산 기장군

개인적으로 의미 있었던 일 중의 하나가 건축가 김인철과의 만남이었다. 도시의 질을 높이자는 열망이 우리 주변에서 일었고, 일환으로 그분이 부산의 총괄건축가로 오신 것이다. 나를 비롯한 공공건축가들과 그분이 함께한 몇 차례의 공적인 일은 무척 의미 있었다.

그 분은 얼마 전 부산일보와 가진 인터뷰에서 여러 가지 아쉬움을 토로하였는데, 그 중에서도 특히 공감이 갔던 부분이 북항 재개발에 관한 것이었다. 진행 중인 이 거대한 사업의 주도권이 해수부에 있음을 안타까워하고, 그로 인해 북항의 미래가 과연 부산시와 시민들이 꿈꾸는 대로 그려질 것인가 하는 문제점을 지적하셨다. 건축가로서 무척 동감한다.

나는 북항 재개발이 거론될 시점에 반대 입장에 서 있었다. 지나친 기우였을지도 모르지만, 정부와 지자체가 이루어 왔던 도시 재개발의 오류를 여러 차례 경험한 바 있었고, 특히 화려한 조감도 뒤에 감추어진 자본의 추악함을 보았기 때문이다.

그럴 바에는 거대한 개발 대신 아직 쓸 만한 기존의 항만 시설을 유지하는 점차적인 리노베이션이 옳지 않을까 하였다. 외국의 선례를 보더라도 소규모의 느린 개발의 사례가 더 알차고 지속적이었다.

개발 비용과 지가가 연동되면 분명히 경제논리가 최우선이 될 테고, 더욱이 소유권이 부산시가 아니라 해수부라는 점이 마음에 걸렸다. 실제로 부산세관 주변의 주거용지로의 전환 문제와 같은 잡음들이 지속해서 거론되었다.

수년이 지난 지금 나의 불안은 여전하다. 공사 중인 북항 주변을 지나노라면 우려가 되살아난다. 주거단지들이 점점 범위와 덩치를 불리면서 그 너머에 있을 바다로부터 시민의 발길을 멎게 할 준비를 하고 있지나 않은지.

그때마다 애당초 해수부의 입장이 좀더 양보되고 시민의 생각이 더 많이 주장되도록 우리 사회의 각계가 더 노력을 기울였어야 하지 않았을까? 기회를 놓친 시민이 느끼는 때늦은 자괴감이다.

2020.05.13. Lim.

도시의 절반이 바다에 접했음에도 내게 바다란 접근하기가 어려운 곳이었다. 해수욕장과 공원, 명승지와 같은 특별한 바다가 있었을 뿐, 삶과 휴식의 한 가운데에 있는 편안한 바다가 늘 그리웠던 것은 아닌지.

나는 북항의 개발이 그런 쪽이었으면 하였다. 개발의 종점이 그림 좋은 고급 건물들과 화려하고 특별한 시설들이 들어찬 장소이거나 그렇지 않으면 마린시티의 경우처럼 주거만의 장소로 채워지지 않을까 걱정한 것이다.

얼마 전 어느 잡지에 기고한 글에서 도시와 물과 건축에 대하여 썼다. 그 글에서 말한 물의 도시는 포트에 요트가 즐비한 레저의 도시나 화려

한 네온이 비치는 빛의 도시를 말한 것이 아니었다. 마치 허술한 수변공원처럼 시민들이 도시락을 싸들고 나와, 바지를 걷고 찰랑찰랑 물속을 거니는 그런 편안한 물의 도시를 말했다.

이 도시에서 격이 있는 물의 부재는 늘 아쉽다. 예를 들어 일산 신도시와 해운대 신시가지의 차이점 같은 것이다. 이른바 일산 호수공원의 경우, 열악한 조건에도 시가의 한복판으로 물을 끌어들임으로써 격을 높였다. 뉴욕의 센터럴파크처럼 도시의 허파 역할은 물론 도심의 핵으로 도시의 질을 이끈다. 반면 한쪽에 배치된 해운대 대천공원의 호수는 얼마나 아쉬운가.

그 외에도 수영강변, 온천천변, 낙동강변 등이 정비되고 있다고는 하지만, 건축과 연관된 세련된 물의 차용은 여전히 미미하다. 하물며 바다라는 천혜의 물을 곁에 두고서도 다루는 실력은 역부족이다.

헤쳐진 북항의 현장을 보면 이곳 또한 개별의 주거시설 위주로 채워지지 않을까 두렵다. 땅의 효용이 아니라 주변에 널려 있는 물이라는 천혜의 요소를 격조 높게 누리지 못하는 무지가 그저 안타까운 것이다. 이 도시의 시민들은 물의 도시에 살면서도 언제까지 물에서 멀어야 할까?

:: 북항재개발 _ 무역의 기점이던 부산 북항을 재개발하여, 문화 관광 등이 중심이 되는 부산의 랜드마크를 목표로 추진 중인 대규모 토목사업.

:: 마린시티 _ 부산 해운대에 있는 바다를 매립하여 조성한 신도시. 매립할 당시 당국은 해양, 체육, 관광 시설을 위한 부지를 목표로 한다 하였으나, 약속은 지켜지지 않았고. 지금은 밀집 주거단지로 변모되어 있다.

:: 수영만 요트경기장

스카이라인이란 말

:: 부산 해운대

오래전 건축 공부를 시작할 때 부딪힌 멋진 단어 중의 하나가 스카이라인sky line이었다. 짙은 아스팔트 위를 걷다가 문득 고개를 들어 푸른 하늘을 보았을 때의 느낌처럼 맑고 신선했다. 넓고 큰 것으로만 생각하던 하늘이 아름다운 선을 이루고 있었다니……. 학습의 결과, 그것은 하늘이 만든 것이 아니라 집과 산과 들이 만들어내는 것이었다.

이후 모든 풍경에 대한 생각이 달라졌다고나 할까? 풍경을 완성하는 결정적인 역할은, 그것을 이루어내는 것만의 모습이 아니라 그 모두를 감싸고 있는 배경과 어우러짐에 있다는 것을. 광안대교를 바라볼 때가 그랬고, 충혼탑을 올려다볼 때도 그랬다. 요즈음 그림을 그리면서 깨우친 것 또한 그런 이치다. 사물의 형태를 완성하는 것은 사물 자체의 묘사가 아니라, 그 주위를 이루고 있는 것의 명도와 채도와 세밀함에 좌우된다는 것을.

언젠가부터 출근길에 하늘을 보지 않았다. 아파트 지하층에서 차를 타고 출발하고부터가 아니었는지 모르겠다. 그리고 보니 스카이라인이란 말을 잊은 지도 꽤 오래다. 주말에 가끔 교외로 나가 숨통을 틔우는 일이 고작이었다.

하지만 이 도시에서 하늘이 보이지 않은 탓이 더 크다. 오늘 아침만 해도 그랬다. 어쩌다 마음먹고 하늘을 보려 하였지만 여긴 힘든 게 아니다. 차창 밖이 모두 건물로 둘러싸여 버렸고, 그나마 트여 있던 도로 모퉁이마저 다 막혀 버린 게 아닌가.

오래전 출근길의 스카이라인을 추억한다. 해운대에서 대연동 쪽으로 출근하려면, 여러 번 핸들을 돌려야 한다. 도로에 곡각 지점이 많다는 이야기이고, 그것이 어쩌면 이 도시의 큰 매력일지 모른다. 그때마다 펼쳐지는 도시의 소소한 변화와 그것들이 하늘과 어우러져 만들어내는 풍경은 내 출근길의 큰 활력소가 되곤 하였다.

내 발에서 시작하여 건물과 산을 거쳐 하늘에 이르는 과정의 상상은 가끔 아파트 창을 열고 하늘을 바라보는 요즈음의 느낌과는 사뭇 다르다. 고층 아파트에서 바라보는 지금의 도시풍경이 때론 공허하다면, 하늘이 함께 보이던 그때 출근길 거리의 풍경은 매우 분주하고 다양하여 늘 활력에 넘쳤었다. '어이 친구. 오늘도 파이팅!' 그런 말이 들렸던 것 같다. 이 도시와 거리가 늘 내게 던져주던 위무의 말이었다.

도로 모퉁이마다 크나큰 아파트가 하늘을 막고, 이상한 이름을 한 브랜드의 로고가 나를 내려다본다. 나는 어쩔 수 없이 무자비한 건설족들과 그들의 방패막이가 되어준 행정을 원망하고 있다. '스카이라인을 송두리째 바꿀 권리가 그대들에게 있었소?'

우리가 자본주의를 선택하고부터 도시는 어디까지나 사유私有의 집합체였으며, 얼기설기 얽혀 있는 개인의 가치들은 도시적 풍경에 대한 합의를 좀체 허용치 않았다. 땅을 나눌 때부터 베풂과 공유와는 이미 거리가 생겼다. 모두 제 땅 가지기와 거기를 채우기에 혈안이다.

이른바 '도시풍경'이란 단어는 익숙하지만, 그것을 만들어가는 데에 우리는 여전히 서툴다. 남의 일처럼 여겨 왔다는 말이다. 하지만 도시의 풍경을 이루어가는 근원에 대하여 생각해야 하는 것은 도시 구성원의 책임이며 의무이다. 하물며 건설 관계자들이라면야……. 자본의 입장이 아니라 시민과 이웃의 입장으로 길모퉁이에 서서 하늘을 바라보기 바란다. '아~ 이 땅에 집을 지어선 안 되겠군.' 그래야 명품도시가 된다.

도시의 풍경과 건축가

:: 부산대교와 영주동

현대 도시의 질은 시각적 의미에서 평가되기 십상이다. 잘된 도시를 이야기할 때에 원주민의 입장에서 삶의 질이 평가되는 것은 불행하게도 그 이후의 문제이다. 더군다나 도시의 목표가 국제적 면모의 달성에 있다거나 나아가서 관광도시 운운하겠다면 그러한 관점은 더더욱 극대화된다. 이 도시도 예외일 수 없다.

한편 시각에서 풍경이란 말이 차용되는 것은 지극히 자연스럽다. 이른바 '도시풍경'이란 단어는 우리에게 꽤 익숙한 말이 된 지 오래다. 그렇다면 우리에게 도시풍경에 대한 공유의식은 있는가?

대부분 도시인들은 도시의 풍경을 타자가 만들어가는 것이고 나와는 무관하다 생각하기 쉽다. 그도 그럴 것이 도시를 정비하고 공적인 공간을 마련하여 가꾸는 역할은 정부나 지자체에 있다는 것이 시민의 일반적 의식이다. 하지만 공적으로 가꾸어지는 풍경이 도시 면적의 몇 퍼센트나 될까? 굳이 수치를 차용하지 않더라도 극히 미미하다. 다시 말하여 대부분의 도시풍경은 개인이 만들어가는 개별의 건물이나 그 주변 시설이라는 것에 주목할 필요가 있다.

예를 들어 나를 드러내려는 간판이 만들어내는 도시의 풍경은 이기의 절정으로, 내가 양보함으로 공동의 풍경을 만드는 것을 미덕으로 접근함은 곧 경쟁에서의 실패를 의미한다는 자본주의적 원칙을 너무도 잘 따른다.

따라서 풍경을 전제로 한 대중의 시각적 권리의 주장은 아무래도 힘을 잃는다. 그냥 참으면 되지 별 애석해 할 것도 없다는 식이다. 이후로 도시에서 풍경이란 단어의 쓰임새가 참 어색해졌다.

알게 모르게 도시에 풍경이 사라졌다는 것은, 미술 시간에 도시의 아이들이 그릴 풍경을 찾아서 그때마다 교외로 나가야만 하는 비극을 초래한다. 슬픈 것은 그 다음의 과정이다. 그런 풍경의 허무가 극단화되면서 도시 사람들은 시각적 만족을 거리에서 집 안으로 끌고 들어가 버리기도 한다. 아이러니하게도 집을 지으면서 풍경을 전제로 뚫은 창 같은 것들이 실제로 막히기도 한다.

사람들은 바깥 풍경을 차단하고 실내장식으로 한정한 범위를 새로운 공간이라 환상하면서 점점 갇히는 것이다. 자의적으로 이미테이션의 풍경을 만들고, 조악한 외부와 철저하게 차단하는 것만이 고급 환경이 될 수 있다는 역설이 오히려 설득력을 지닌다. 이는 시간이 지나면서 마약으로 환각하는 사람의 자기 부정과 다름없이 환경의 존재가치에 상처를 남겼다. 이쯤이 되면 도시환경은 더는 환경이 아니다. 그것은 위장에 불과한 것이다.

밤은 어떤가? 낮의 무관심은 도시의 황폐를 부추겼지만, 풍경이 적절하게 가려지는 밤은 은신자들의 탈출구이다. 사위를 모두 감추고 하나 둘 켜지는 밤의 불빛으로 도시의 풍경을 재창조하려는 듯 조명의 향연이 문화가 되었다. 불을 찾아 몰려드는 불나방의 세계처럼 도시는 그렇게 밤의 것으로 재정의되고, 낮은 도리어 휴면의 모습으로 물러난다. 그러한 오류 속에서 도시적 상처는 깊어만 간다. 도시의 문화는 점점 밤의 문화에 천착하게 되며, 밝음으로서의 비전이 사라져감은 도시가 겪어야 할 심각한 질환을 예고한다. 가슴 아픈 일이다.

다시 도시인의 자세로 돌아온다. 누가 먼저 짐을 질 것인가? 건축가는 일차적으로 도시풍경에 책임이 있는 사람들이다. 그러므로 건축가가 먼저 대승적이고 통합적 안목을 가져야 한다. 결국 도시적 풍경의 회복은 이전의 역사에 남겨졌듯이 건축가의 눈에서 출발할 것이다. 다른 아무도 믿을 수 없는 탓이다.

그러나 모두, 심지어는 거리의 풍경에 책임이 있는 건축가들마저도 유독 내 건물에 집착한다. 남의 것은 눈에 잘 보이지 않는다. 여지없이 예술가이기 때문인가? 밖에서 바라보는 유형有形으로서의 건축은 건축가가 그 환영에 갇혀도 될 만큼 충분히 가치 있는 것인가?

건축가들이여! 내 것이 아닌 것을 먼저 보라. 그리하여 큰 풍경을 담으

라. 가끔 건축에서 밖을 바라보는 작업은 덜 예술적이지만 사뭇 철학적
이다. 본질이 무언가? 이즈음에 그런 회의와 고민은 소중하다. 신라의
김대성이나 독락당을 지은 회재 이언적은 큰 풍경을 고민한 참 건축가
들이었다.

도시계획이 도시를 만들어간다는 것은 어떤 의미에서는 틀린 말이다.
도시는 건물 하나하나의 낱개가 모여서 형성되는 것으로, 그 중심에는
생각 있는 건축가가 있어야 한다. 건축가들이 스스로 설계한 도심의 건
물에 갇히지 말 것이며, 거리의 풍경을 향해 렌즈의 방향을 돌릴 줄 알
아야 한다. 그것은 건축가의 운명이다. 시민은 그런 건축가를 어여삐 인
정하고 다정하게 다독여 주어야 한다. 참된 시민의 역할이다.

Haeumdae. 2019.12.5.   :: 도시의 밤

문제는 창의력이야, 바보야

:: 부산 초량동

"문제는 경제야. 바보야." 1992년 미국 대선후보 빌 클린턴의 선거구호이다. 일반론에 의존하지 말고 문제의 핵심을 정확히 직시하라는 이 구호에 힘입어 클린턴은 선거에서 이겼다. 이후 나는 이 말을 스스로 다잡는 문구로 삼았다. '문제는 창의력이야. 이 바보야!'

사태를 직시해야 한다는 것이 어디 개인의 문제에 국한될까? 사람이 모여 사는 곳이 도시이니, 도시를 바라보는 관점은 개인적인 것이 아니라 더 넓은 공유의식이 필요하다. 일반론에서 벗어나 창의적으로 도시의 문제를 바라보는 것은 도시의 생존력과 직결된다.

'문제는 창의력이야.' 도시의 미래를 생각하면 이 말은 더욱 절실하다. 여태까지의 비창의적인 태도를 반성한다면? 예컨대 서양의 도시계획을 모방한 교과서적인 가로망, 홍보에 열중한 가시적 랜드마크, 경제적 손익에만 바탕을 둔 확장과 개발. 그런 것들이 이 도시의 지금 모습들이 아닐까?

그러므로 어정쩡한 도시의 현대는 바로 전 시대인 근대와도 소통하지 못한 채 정체성을 잃고 있으며, 고층화된 도시는 세련되었다고는 하나 그 속에서 편안한 삶을 유지하기에는 여전히 역부족인 것은 아닌지.

부산의 원도심에 위치한 몇몇 지자체가 또다시 산복도로 주변의 고도제한 문제를 거론하기 시작했다. 주변과의 형평을 내세운 주민의 숙원사업이라는 주장에다 이번엔 북항재개발과 도심의 균형 문제를 보태어, 지난 50여 년간 유지된 도시계획에 이의를 제기한 것이다.

지자체의 주장이 관철되면 지역의 경제적 가치 변동은 필연적이다. 여기에 자본이 침투하면 걷잡을 수 없는 광풍이 휘몰아칠 거라는 우려는 이미 경험된 바이고 불안한 이유이다. 그렇다고 소극적 볼거리로 그 넓은 지역을 방치해야 할까? 일컬어 벽화가 그려진 판자촌과 그것을 둘러보며 어려웠던 시절을 회상하는 유아적 발상을 얼마나 더 유지해야 할까? 양날의 칼이다.

어떤 의미에서 이 문제는 더욱 특별하다. 다운타운에 만연한 집장사라는 아비규환을 윗동네로 전염시킬 것인가, 아니면 어정쩡한 산토리니로 남겨둘 것인가 하는 문제를 넘어선다. 어쩌면 이곳의 사례가 부산이라는 도시의 미래를 결정할 실마리가 될 수도 있겠다는 생각 때문이다.

타지역 사람들이 질문한다. "산복도로가 뭐예요?" 우리에겐 익숙한 단어가 저들에게는 생경하고 유일무이하다는 이야기이다. 그리고 그곳에 데려가면, "와!" 하고 탄성을 내지르면서 그들과 나는 마침내 이 도시의 내력과 풍경에 대하여 이야기를 나눈다.

:: 도시는 창의적인가

이곳의 인문적, 도시계획적 가치를 이만큼 직설적으로 설명할 수 있을까? 아무리 생각해도 다운타운에서 실패한 밀집한 건물군의 방향은 아닌 것 같다. 빛나는 창의력이 필요한 순간이 아닐까?

창의력은 일부 지자체 주민의 숙원과 일시적 비교 논리에서 벗어나야 한다. 시민 모두로부터 나와야 하고 공평하고 전체적이어야 한다. 이를테면 '경제성에 앞서 도시의 풍토, 지리, 역사, 등 인문적 관점이 도시 그림의 밑바탕이 될 수 있는가?'라는 질문에서 출발해야 한다. 왜냐하면 거기에 오래전부터 사람이 살아왔고 앞으로 더 살 것이기 때문이다. 의회의 의사봉으로 쉬이 결정할 일이 아니란 말이다.

시민 또한 스스로에게 물어야 한다. 집이 넘치는 도시에서 집의 생산이 답이 될까? 제한은 늘 발전의 걸림돌인가? 그때마다 제한을 풀어 몸집을 불린 이 도시의 모습은 과연 어떠한가? 그리고 우리가 꿈꾸는 미래의 그림은?

답이 있을 법도 하다. 또 묻는다. "문제는 창의력이야. 이 바보야!"

꽃밭에서

:: 부산 중동

꽃에 끌림은 어쩔 수 없나 보다. 꽃밭에는 늘 사람들이 붐빈다. 가까이 얼굴을 대고 꽃냄새에 취해 보기도 하고, 그러지 않더라도 꽃과 함께 찍은 사진 한 컷 정도는 카메라에 남긴다. 여인조차 꽃 앞에서는 기꺼이 자신의 미모를 내려놓으니 꽃의 아름다움은 언제나 사람들의 그것을 압도한다.

꽃에 대한 기억은 어릴 적부터다. 하지만 꽃을 가까이하지 못한 것은 집에서 마당이 없어지고 난 뒤. '나의 살던 고향은 꽃 피는 산골. 복숭아꽃 살구꽃 아기 진달래……' 동요 〈고향의 봄〉 노래만 가슴 한구석에 남긴 채 꽃에 대한 탐심은 그날 이후로 아득해졌다. 꽃을 잃었다기보다는 꽃과 함께 나누는 소소한 일들이 사라진 것이다.

어디 나쁠까? 꽃밭을 잃은 사람들은 텔레비전 뉴스로 꽃 소식을 접한다. 그때가 되면 사람들은 찾아다니는 수고를 아끼지 않는다. 매화, 산수유, 벚꽃의 시절이 지나면 진달래, 철쭉의 시간이 온다. 그리고 장미, 수국의 시간을 거쳐, 코스모스와 국화의 계절을 또 맞이한다. 마당을 잃은 사람들은 앞다투어 차를 몰고 꽃밭으로 향한다. 마치 나비와 벌의 본능적 움직임과도 같이.

오늘 아침 산책길에서 수국꽃을 만난 것은 뜻밖이었다. 늘 지나다니면서도 눈치채지 못하였는데 어느새 꽃잔치가 열렸다. 활짝 핀 꽃의 분망함에 마치 선망하던 여인을 만난 듯 한동안 어찌할 줄을 몰랐다.

감정을 놓칠세라 얼른 스케치북을 열고 그림을 그린다. 크게 한 송이, 또 무리를 지은 꽃밭을. 그리고 그 사이를 여유롭게 걸어가는 하얀 강아지와 젊은 여인을. 꽃밭에 파묻힌 사람들은 그런 나를 아랑곳하지 않고 꽃에 몰두한다. 꽃밭을 몽땅 자신만의 방으로 옮겨 놓으려는 듯, 사방에서 찰깍찰깍 소리가 하늘을 날아다닌다.

수국은 대표적인 여름꽃이다. 청보라 빛깔의 수국 옆에 앉으면 금방이라도 땀이 식혀질 듯 선선하다. 낱낱의 꽃이 모여 둥근 형태를 이루는 특이한 꽃이다. 오묘한 색깔의 꽃은 개별적으로도 예쁘지만, 무리 지은 모습이 더 볼 만하다. 토양 성분에 따라 흰색이었던 꽃이 점점 청색, 붉은색, 보라색으로 변해가는 신비로움마저 있으니, 사람들의 흥미를 끌기 충분하다.

:: 수국꽃길 산책

해마다 이맘때가 되면 전국 각지에서 수국축제 소문이 들리고, 사람들의 앨범에는 수국꽃이 점령하게 된다. 부산에는 영도 태종사 수국 군락이 장관이라 소문이 나 있다. 바야흐로 붉은 장미가 시들해지고 그늘이 그리워지니 수국의 시간이다.

꽃밭에서 나는 잠시 아버지 생각을 하였다. '아빠가 매어 놓은 새끼줄 따라 나팔꽃도 어울리게 피었습니다.' 아동문학가 어효선이 글을 쓴 동요 〈꽃밭에서〉를 들어보면, 정성스럽게 꽃밭을 가꾸시는 아버지의 모습이 떠오른다. 식구들에게 계절마다 꽃의 아름다움을 보여주려던 애틋한 마음이 아니던가. 그러고 보니 꽃밭을 가꾸는 일은 늘 아버지의 몫이었고, 우리는 그 꽃을 보기만 하면 되는 것이었다. 아~ 꽃을 가꾸는 아버지. 마당과 함께 우리가 잃은 것 중의 하나가 아닐까.

우리 동네 수국꽃밭. 전임 구청장께서 심혈을 기울여 만들어 놓은 것이 올해 들어 만발하니 이런 장관을 이룬다. 멀리 가지 않고, 내 집 앞에서 꽃의 축제를 보다니 얼마나 감사한 일인가.
오래된 마을에 벽화를 그리자던 어느 시장보다 이렇게 꽃밭을 가꾸어 놓은 구청장이 더 멋있는 아침이다. "그래! 맞아. 꽃을 심으면 될 일이었어." 혼자 중얼거렸다. 우리 집 마당에서 꽃밭을 다듬으시던 아버지의 마음이 보였기 때문이다.
행정이란 결국 모두를 행복하게 하는 일이다. 남이 기웃거리든 말든 동네에 사는 우리가 즐거우면 된다. 도시를 가꾸는 일은 작은 데에 있나 보다. 좁은 길모퉁이마다 꽃이 피는 길. 도로가 시원하게 뚫린다던 거창한 도시계획이 그만 무색해진다.

03

건축을 말하다

도시의 집을 내려다보다

:: 부산 범일동

다산 정약용 선생께서 제자 윤종심에게 이런 말을 주면서 터의 개인적 소유를 경계하였다. 공유되어야 할 것이 독점적으로 소유되는 허망함에 대한 놀라운 관찰이다.

> 내가 사람들의 토지 문서를 살펴 그 내력을 조사해 보았다. 100년 사이에 주인이 바뀐 것이 무릇 대여섯 번은 되었다. 심한 경우 일고여덟 번에서 아홉 번까지도 있었다.

제레미 리프킨Jeremy Rifkin 교수는 수년 전, 미래는 접속의 시대Age of Access 가 되리라 예측하면서 소유所有의 종말을 주장하였다. 이 소유의 대상에는 토지를 기반으로 하는 건축물이 포함되어 있음은 물론이다.

실학자의 태도와 경제학자의 관점을 동시에 빌려보는 것은, 토지와 그 위에 건축될 건물의 소유에 대하여 일정 부분 의견의 일치를 보이기 때문이다. 실학자는 과거의 사례를 관찰하였으며, 경제학자는 미래의 방향을 예측하였다. 과거는 사실로 판명되었고, 예측된 미래는 이미 현실로 우리에게 다가와 있다.

소유물로서의 건축은 본연의 기능인 쉘터shelter로서든, 그렇지 않으면 경제활동의 도구로 구축되었든, 그 시대 혹은 그 이후에도 사람들의 주위

에 고정물로 서게 된다. 다시 말하여, 건축의 시작은 어떤 사람이 목적을 가지고 구축되는 것이지만, 종국에는 당사자인 사람이 떠나거나 소멸하더라도 그 자리를 지키며 유지될 하나의 풍경으로 남게 되는 것이다.

이처럼 건축이 개인 사유물로 소유되는 개념을 벗어나야 한다는 관점은 꽤 설득력이 있다. 여기에서 이른바 건축 혹은 건축하는 행위는 처음부터 경제적 행위라기보다는 하나의 문화로 규정되어야 한다는 태도가 생기는 것이며, 올바른 건축 문화의 구축에 더 신중한 태도를 견지하려는 의지가 나온다.

물론 건축은 주인인 소유자가 있고 구축에 조력하는 건축가가 있으므로 개별로 평가되고 다루어져야 함은 틀린 말이 아니다. 이는 건축이 하나

의 창작품, 나아가서는 예술활동의 일환으로 다루어지며 가치평가되어
도 무리가 없다는 말이 되며, 대다수의 건축가는 이런 태도에 강한 집착
과 애정을 보인다.

하지만 건축은 사람의 삶을 다루는 것이며, 그 삶이란 사회가 조직화될
수록 개별의 삶에 국한될 수 없다. 다시 말하면 물건으로서의 건축은 언
제든지 그 주인을 바꿀 가능성을 가지는 것이며, 그렇지 않더라도 사회
적 관점에서 불특정 다수의 삶이 이런저런 경로로 관여되기 때문에 개
별로서의 가치 외에 사회적 의무를 지니는 것이다.

우리는 그 불특정 다수가 협의하여 이루는 집단을 '시민사회'라 부르고,
그들이 터전을 이루는 장소를 '도시'라 명명했다. 따라서 도시를 포함한

:: 도시의 얼굴, 부산 남항

현대적 삶에 대한 정의는 사람과의 관계로 형성되고 구축되어야 마땅하다. 그러므로 건축을 바라보는 눈이 개별의 관점과 이해의 차원을 넘어서야 하는 것이 더욱더 올바른 태도이다. 소유물이라기보다는 도시를 구성하는 하나의 요소로 읽혀야 한다는 관점이 더 설득력을 지닌다.

건축의 완성은 소유하는 자의 입장에서의 소유물로서의 건축과, 구축된 건축을 바라보는 풍경으로서의 건축과, 이 두 가지의 관점을 조율해야 하는 사회적 의미가 포함될 때에 비로소 이루어진다. 그 완성체 속의 개별 건축은 별처럼 빛나기도 하지만, 도시를 하염없이 질곡의 구렁텅이로 몰고 가기도 한다.

아~ 건축가인 나의 입장은 어떻게 정리되어야 하나? 설계 프로젝트를 수행할 때마다 편협해지는 내 눈은 개별 건축의 창작에 국한됨을 부정할 수 없다. 하지만 창작자로서의 관점에 앞서 도시공동체의 삶을 이루어가는 시민사회의 한 개체로서 태도가 먼저여야 한다는 더욱 진보적인 태도를 외면하지 말아야 한다. 그게 더 성숙한 건축가의 자세다.

그때마다 제도판을 잠시 접고, 무작정 산에 올라 까마득한 도시를 하염없이 바라보게 된다. 울긋불긋 올망졸망 서로에게 기대어 서 있는 집들이 참 아름답다.

빈집에 대한 생각

:: 부산 좌동

2004년 부산영화제에 영화 〈빈집〉이 출품되었다. 이후 감독이 일으킨 사회적 물의는 논외로 하고, 영화는 흥미롭다. 주제와는 별도로 집을 보는 감독의 시각이 매우 독특하고 엉뚱하기 때문이다.

정해진 거주지가 없는 청년이 남의 집을 마치 내 집처럼 드나들며 생활하는 이례적인 설정. 그런데도 청년의 태도는 자연스럽고 당당하다. 여행으로 잠시 비운 집의 현관문을 따고 들어가, 천연덕스럽게 조리하고 빨래하고 잠잔다. 큰 음량으로 음악을 듣기도 하고 아이스볼에 위스키까지. 호화 저택, 서민 아파트, 판자촌, 한옥 등 모든 집이 그 대상이다. 어느 집에서나 청년의 행동은 내 집처럼 자연스럽다.

감독의 의도와 상관없이 내 관점은 소유라는 지고지순한 집의 개념 전환에 있었다. 영화는 집의 개념을 어리둥절하게 만들었다. 즉 '집'은 '집'이 아니고, '집'이 아닌 '집'은 곧 '집'이 되는 상황. 전자의 집은 소유가 전제된 집이며, 후자의 집은 먹고 자는 장소로서의 집임은 물론이다. 그러한 개념이 수시로 치환되는 것이 건축가의 눈에 비친 영화의 매력이었다.

또 하나의 관점은 집의 기능이 매우 일반화된 점이다. 청년은 어느 집에서도 적응에 어색해 하지 않았다. 뻔한 구조와 공간의 크기, 익숙한 가구들. 이 시대의 경제구조와 사회적 통념과 문화적 균형이 만들어낸, 하나의 공산품이고 도구로서의 집은 특별하지 않다.

영화는 집의 문제를 정확히 짚어주고 있다. 아파트라는 하나의 캡슐 소유에 삶의 전부를 바치는 우리에게 도대체 집이란 무엇일까?

그로부터 한참이 지난 지금, 우리 사회는 집에 대한 또 다른 질문에 부딪혔다. 영화의 관점이 추상적이고 개념적이었다면, 지금의 빈집이 우리에게 다가오는 것은 더 현실적이어서 언론이나 학계가 부산하다.

빈집의 원인은 단순하다. 쓸 만한 집이 있음에도 그 집을 밀어내고 너도 나도 새집을 지었던 것의 결과다. 그 배경에 신도시, 재개발, 재건축과 같은 화려한 수사가 있었다. 더 깊은 곳에는 자본의 음험한 미소와 편리한 삶에 대한 무한 환상을 불러일으킨 사회문화적 오류, 그에 올라탄 정부의 정책이 있었다.

더 큰 문제는 목표로 하던 '1가구 1주택'의 문제가 벌써 해소되었음에도
집 생산의 브레이크는 작동하지 않은 데에 있다. 민간은 지구단위계획
을 계속 시도하고 정부나 지자체는 지속해서 신도시 정책을 발표한다.

:: 부산 해운대 재개발지

임시방편이 목적이 아닌지 의심되는 가운데에 시민들은 여전히 부동산 불패를 철석같이 믿고, 양측의 상승작용으로 집의 생산은 좀체 멈추지 않을 것 같다.

또 하나의 관점은 독신자의 증가와 통신을 기반으로 하는 산업구조의 변화에 있다. 이 상황에 오래된 집은 적응하기 힘들고 결국 파괴의 길을 걷게 된다. 집의 쓰레기화가 가속될 위험을 학계는 지적한다. 슬럼화 구역뿐만이 아니리 지금 번듯한 구역들도 빠른 속도로 노화가 진행된다. 30~40층의 아파트 수만 채를 동시에 철거해야 하는 상황을 상상해 보면 끔찍한 일이 아닌가? 집이 양적인 팽창을 멈추고 자기 변신을 모색해야 할 시점이다.

영화에서 상상했듯이 집의 개념이 바뀌어 집이 소유의 목표이기보다는 거주의 도구란 점에 시민들의 생각이 점점 확고해진다면 또 다른 혼란이 야기될지도 모른다. 일본의 예에서 보았듯이 부동산의 몰락은 집을 소유한 사람들을 절망으로 내몬다. 이미 공기업 등이 소유보다는 임대주택의 개념으로 정책을 변화하고 있고, 젊은 세대들이 적극적으로 동참하고 있다.

싫든 좋든 집의 개념 변화가 진행되는 가운데, 여전히 집 하나만을 바라보고 있는 대부분 시민의 혼란과 허탈은 무엇으로 치유될까? 이 또한 어리석은 시민의 책임이라 몰아붙일 것인지.

아~ 빈집을 바라보는 심정이 어찌 슬프지 아니할까? 매우 난감하고 아픈 상황이다.

아름다운 재생

:: 충남 논산시

2022. 06. 17.

논산시 강경읍으로의 여행이었다. 꼭 한번 가고 싶던 곳이었다. 일제강점기에 융성했던 도시로 근대건축 유산이 남아 있기 때문이다. 인천, 군산, 부산에 비하여 수나 크기는 미치지 못하지만, 보존이 잘 되어 있다는 말은 사실이었다. 작은 도시이고 아직 개발의 열풍이 휩쓸지 않았다는 것은 얼마나 다행인가?

1913년에 지어진 '한일은행 강경지점' 건물을 리모델링한 '강경역사관' 주변이 특히 돋보였다. 낡개 건물의 보존이기보다는 그들이 이루는 영역에 관점을 둔 점이 좋았다.

관람에 머물지 않고 생활영역이 된 점도 좋다. 보존과 재생, 하물며 개발까지 동시에 일어나는 현재진행형의 장소. '강경구락부'라는 근대적 용어를 사용한 일대의 재생은 특산물인 젓갈과 함께 이 도시의 핵이 되고 있음이 분명하다.

더 흥미로운 곳은 호남선 연산역 주변이다. 그곳의 오래된 급수탑을 보는 것이 이번 여행의 목적 중 하나였는데, 정작 우리 일행은 역사驛舍 주변에서 일어나고 있는 도시재생의 매력에 푹 빠지고 말았다. 역할이 떨어진 역사의 잔여 부지와 농협창고, 개인 사유의 밭들이 한 영역을 이루어 예기치 못한 장소를 만들고 있을 줄이야. 제일 먼저 눈에 든 것은 신발을 벗고 뛰노는 아이들의 모습과 깔깔거리는 웃음소리다.

판매와 관람 위주의 이른바 도시재생에서 좀체 그려내지 못할 그림인 동네 놀이터나 학교 운동장의 풍경이 펼쳐지고 있다. 그것들은 놀랍게도 소량의 물을 매개로 하여 펼쳐지고 있다.

깊이 20센티미터 정도의 얕은 풀에서 아이들이 물방울을 튀기며 논다. 2~3분 전만 하여도 서로 몰랐던 아이들이었을 것이다. 그 주위로 군데

군데 유명 예술가들의 설치물들이 놓여 있었는데, 아이들은 힐끗힐끗 쳐다보기도 하고 만져보기도 한다.

흩어지는 물 사이로 재생된 창고 건물 안으로 들어서니 이번엔 어른들이 바글거린다. 세련된 옷과 선글라스를 낀 모습은 아무래도 여행자인 듯하다. 커피를 주문하는 행렬이 길지만, 사람들은 질서를 잘 지키며 모처럼의 자유를 깨지 않으려는 듯 표정이 밝다. 그 사이로 커피의 향이 은은하게 흐르고, 창고의 높은 천정이 분위기에 한몫을 한다.

또 다른 창고 안에서는 암흑 속에서 풍등風燈이 날아다닌다. 그 아래에 물을 담아 반사되는 모습으로 유등流燈을 동시에 연출해 놓았다. 마치 대구의 풍등축제와 진주의 유등축제를 한곳에 모아 놓은 듯, 어둠과 물을 매개로 한 기획력이 돋보였다. 아이도 어른도 환상에 빠져 "와~" 하는 함성과 함께 사진으로 담기에 바빴다.

건축가로서 내가 놀란 점은 한적하고 평범한 장소에 사람들을 불러모은 기획의 영리함이다. 철도, 역사, 급수탱크가 시발점이 되었겠지만, 엉뚱하게도 물과 어린이를 끌어들였으니 킬러 콘텐츠Killer Contents는 기차가 아니라 어린이와 물임이 틀림없다.

건축가의 디자인과 예술가의 설치물들이 장소의 품격을 더했을 것임은 물론이지만, '내가 잘났네!' 하는 모습이 아니었다. 그저 낡은 창고와 철도 시설물들과 어깨를 맞추고 어울리려 했을 뿐이다.

돌아오는 차 안에서 나는 그곳의 도시재생을 '아름다운 재생'이라 이름 붙여 보았다. '아름답다'라는 말은 겉모습에 붙일 말이 아님을 알겠다. 특히 장소의 아름다움은 사람들이 자유를 느끼고, 새로운 사람들이 마치 오래된 친구와 같이 여겨질 때 어울리는 말이다.

아침 산책길을 폐선부지에 덩그러니 남은 해운대역사 쪽으로 정했다. 내일은 송정역사 쪽으로 걸어볼까? 이 도시에도 여전히 갈피를 잡지 못하는 도시재생의 장소들이 많다.

이번 지방선거의 쟁점 중에도 도시재생이 있었다. 부디 그것들이 대단위 토목, 건축 사업을 의미하지 않았으면 한다. 아이들이 깔깔거리고 어른들이 그것을 느긋하게 바라보는 소박한 장소로 환생하였으면……. 영리한 건축가들의 빛나는 활약을 기대한다.

:: 재개발 논의와 상관없이 재생을 시도한 부산 해운대의 하얀집

산책길의 플래카드

:: 부산 좌동

청년 시절에는 느끼지 못하던 산책길의 걱정거리. 내려갈 때는 올라갈 걱정, 올라갈 때는 또 내려갈 걱정. 이 도시가 유달리 높낮이의 기복이 심한 데에도 이유가 있지만, 무엇보다도 나이가 들어 힘에 부대끼는 것이다. 출발한 지점으로 되돌아가야 하고, 두 다리로 해결해야 하니, 이럴 때마다 어쩔 수 없이 인간이라는 생명체의 물리적 사용 연한에 대하여 생각하게 된다.

하물며 길을 잃을 때도 있다. 눈에 익은 길이 사라진 것은 물론이고, 야트막하던 구릉이 어느 날 높은 옹벽에 둘러싸이고, 차량 차단기나 철제 담장에 가로막혀 돌아가야 할 일도 많아졌다. 문득 고개를 들어 보면 하늘은 까마득하고, 다시 숙이면 마치 기계의 회로처럼 직선으로 뚫린 길이 삭막하게 다가온다.

그런 산책길 여기저기에 얼마 전부터 같은 내용의 플래카드가 붙기 시작하였다. "우리 아파트 리모델링 사업 시작을 축하합니다." 시간이 흐르니 새집에도 예외 없이 문제가 생기고 리모델링 시점이 도래하였나 보다. 그리고 보니 수천 세대의 이 동네 아파트들은 마치 쌍둥이처럼 한날 한시에 지어진 것이 아닌가?

돌이켜보니 '주택 200만 호 건설'을 주창하던 해가 1990년 무렵이었고 전국적으로 아파트 건설 바람이 불었다. 이후 대도시를 시작으로 중소 도시, 농어촌으로, 이 나라는 목하 아파트 공화국이다. 그때 나는 아파트의 미래에 대하여 걱정한 바 있다. 마치 나이 든 내가 산책길을 내려갈 때 올라올 걱정을 해야 하듯이.

동시에 지어지는 이 집들은 일시에 수명을 다할 것이고, 지금의 건설 광풍 못지않은 혼란이 도래할 것이라는. 하지만 정작 내 집의 수명에 대하여 심각하게 생각해본 적이 없다. 집도 나도 젊었기 때문이었을까?

더 큰 문제는 '공동'이란 말에 있다. 단독주택과 같이 개개로 나누어져 있는 집이라면 무슨 문제가 있을까? 하지만 태생부터 합의의 숙명을 안고 태어난 집, 이른바 공동주택이기 때문에 계획, 시공, 결산에 이르기까지 합의를 전제하고 있다.

어찌 보면 건설될 때보다도 훨씬 더 복잡한 과정을 겪어야 할지 모른다. 그러니 아파트마다 붙은 플래카드는 축하의 의미가 아니라 결속을 다지는 비장한 각오로 읽힌다.

또 하나의 벽은 경제성이다. 집이 모자라던 시절에 집이란 상품은 황금알을 낳는 거위였다고나 할까. 서류에 도장만 찍으면 어찌어찌하여 돈 한 푼 안 들이고 새집이 생기고, 건설회사도 떼돈을 벌었으니 무슨 문제였을까. 하지만 집이 남아돌고부터 계산이 만만찮아졌다.

내 돈으로 내 집을 수리해야 하는 것은 지극히 원론적인 이치이지만, 사람들은 여전히 집에 손을 대는 행위가 대단한 이득을 담보해 준다고 믿고 있는 것은 아닌지. 봇물 터지듯 쏟아지는 새집과의 경쟁은 미지수이지만 포기하기도 어렵다.

수백만 채의 집들이 동시에 나이가 들고 있다. 집이 지어지던 시절이 청년기였다면, 리모델링 플래카드가 붙은 집은 이미 노년기에 접어든 것이다. 애초에 수백, 수천 세대가 집수리에 대하여 공동의 운명을 지니고 있다는 것은 꽤 머리 아픈 일이었을지도 모른다. 사람들이 이제야 걱정하기 시작했을 뿐이다.

사람과 운명을 같이 하며, 사람의 운명을 흔들기도 하는 집. 사람들을 기쁘게 하기도 하지만, 언젠가 고민에 빠뜨리게도 할 수 있는 집. 그러한 집은 경제의 수단이 아니라 꽤 중요한 삶의 도구여서 대량으로, 하물며 동시에 지을 일이 아니었을지도 모를 일이다.

힘이 넘치는 청년 시절에 까짓 길의 높낮이가 무슨 대수였을까? 하지만 나이가 드니 나도 집도 힘에 겨워진다. 아침 바람에 펄럭이는 '우리 아파트 리모델링을 축하합니다!'라는 문구가 왠지 부실한 내 몸인 양 쓸쓸하다.

:: 산책길 풍경,
부산센텀지구

욕망이라는 이름의 놀이

:: 부산 해운대

건축에서의 높이는 어떤 의미를 지닐까? 도시를 산책하다가 인간의 욕망이 하늘을 찌른다고 생각할 때마다 걸음을 잠시 멈추고 이런 생각을 하게 된다. 빌딩의 꼭대기 사이에 빼꼼 내민 손바닥만 한 하늘을 겨우 볼 때라든지, 가로에 건축의 그늘이 끝없이 계속될 때마다 뜻 모를 두려움에 휩싸이기도 한다. 건축가이기 때문에 갖는 일종의 집단 반성이라고나 할까? 어쩌면 창작인으로서 일말의 양심이라 해도 무방하다.

건축은 태생적으로 높이를 주장해야만 하는 행위이다. 말 그대로 뼈대를 세우고建, 공간을 구축하는築 행위. 건축의 시발은 처음부터 지면에서 솟아나게 하는 데에 있다. 거기에서 높이가 등장하였다.

내 건축 실무는 T자와 삼각자에서 시작되었다. 컴퓨터가 등장하고부터 사라졌지만, 제도판 위에서 T자는 수평을 이루고 그 위에서 삼각자가 수직으로 높이를 그려내었다. 이른바 건축은 수평과 수직의 조화로 이루어내는 창작물이었다. 둘 중에서도 수직선의 생성은 수평보다는 훨씬 드라마틱하고 짜릿하였다. 그리하여 높이의 추구는 건축가의 꿈이 되었다. 어쩌면 수직에 대한 탐구는 건축 발전의 역사인지도 모른다.

높이에의 열망은 때로 지나쳐서 이성을 벗어나기도 한다. 그리하여 건축으로 인한 비극이 발생하기도 한다. 예를 들어 성경에 나오는 바벨탑의 교훈은 높이에 대한 인간의 무절제함을 극단으로 보여주는 것이고, 그때마다 인간은 높이에 대한 반성을 가슴 깊이 새기게 되는 것이다. 영화 〈타워링〉은 건축의 높이 자랑을 실랄하게 꾸짖었다.

특히 동양의 철학이나 도덕에서의 높이에 대한 경계와 절제는 더욱 도드라진다. 노자는 《도덕경》에서 자신을 낮추어야 할 것을 끊임없이 주장하였고, 그러한 정신은 면면히 이어져 동양철학의 뼈대가 되었다. 높이의 편을 든 사례로 "높이 나는 새가 멀리 본다."라는 장자의 생각 정도가 있겠으나, 인간에 대한 철학자의 진의를 곰곰 생각해 보면 터무니없는 억지이다.

이처럼 높이는 인간의 욕망에서 수시로 체크되어야 할 도덕적 요소이다. 기술이 발달하였다고 하여 그러한 정신이 흐트러져서는 안 된다는 말이다.

건축의 높이에 대한 인간의 욕망은 대체로 두 가지로 요약된다. 뽐냄과 독점이다.

뽐냄이라 하면 남의 눈에 잘 드러남으로써 돋보이려는 행위이다. 때론 기술과 결합하여 시각적 표상이 되기도 하지만, 대체로 그 욕망은 일차원적이다. 높이를 이용하여 자신을 드러내려는 행위만큼 단순한 발상이 어디 있을까? 일견 천박하고 비예술적이다.

독점의 문제는 좀더 심각하다. 대체로 고립적 영역을 만들고 풍경을 사유화私有化하려는 이기심에서 출발한다. 때론 욕망이 지나쳐서 자신 외의 다른 이들의 처지를 염두에 두지 않고 도시적 문제를 야기하기 일쑤이며, 늘 사회적 불균형을 만들어낸다. 이러한 욕망은 지극히 독선적이고 비도덕적이며 비민주적이다.

반면 정작 우리가 건축의 높이를 고민해야 하는 부분은 다른 데에 있으며, 매우 현실적인 문제에서 기인한다. 얼마 전 나는 어느 매체에 발표한 글에서 도시의 용적률에 관하여 썼다. 부족한 주택문제를 해결하려는 방안으로 그린벨트를 해제하여 땅의 면적을 늘리는 방안보다는 도심의 용적률을 높여 해결하는 게 더 효율적이라는 게 내 글의 주장이었다.

하지만 이러한 주장은 곧 오해를 불러일으킬 수도 있다는 생각을 그 뒤에 하였다. 용적률이란 말이 곧 건축의 높이로 오해되는 오류 때문이다. 내 주장의 진의는 수평적 발상이지 높이의 확장에 있지 않았다.

건축이 높아지는 데에 대한 내 생각은 아무래도 부정적이다. 매일 걷던 나의 도시산책이 어느 날 우울해져 버렸다. 날로 줄어드는 도로 위의 햇빛에 대하여 불만이고, 고개를 한참 돌려야 마침내 보이는 하늘도 아쉽다. 해를 보지 못하는 나무에 대한 연민 또한 나의 우울을 부추긴다. 무엇보다도 끝없이 높아지는 건물을 닮은, 표정을 감춘 사람들의 브레이크 없는 욕망이 무서운 것이다.

:: 부산 해운대의
　　초고층 아파트

더 낮게 임하게 하소서

:: 부산 남포동

철 사다리를 타고 지하 몇십 미터를 내려가는 공포가 없었던 것은 아니지만, 밑바닥에 도착하여 흙에 둘러싸였을 때의 기분은 말도 아니게 안온하다. 그건 어떤 생명력 같은 것이 흙으로부터 뿜어져 나와 경험되지 못한 촉각과 후각의 한 부분을 처음으로 건드리는 경험이다.

사람이 꼭 공기를 통하여 숨을 쉬지 않아도 된다고 가정한다면, 마치 물고기처럼 수면 위의 세계에서 벗어나 한없이 아래로 침잠하며 느끼는 푸르고 명징한 기분과 같은 것이다.

때론 어떤 곳을 오르기보다는 이처럼 내려가는 일에 마음이 더 기울 때가 있다. 그것은 마치 제방 아래로 내려가 물과 함께 온천천 천변을 거닐면서 느끼는 기분과 유사한 것이다.

수년 전, 어느 건물 공사감리 때의 기억이 이렇게 남아 있다.

이처럼 흙에 대한 경험은 건축가에게 소중하다고 생각한다. 그때 비로소 발밑의 땅을 내려다보게 되는 것이며, 보도블록을 뚫고 나온 민들레꽃 한 송이에 감탄하기도 하고, 인도人道 정비를 위하여 파헤쳐진 흙의 냄새에서 어린 시절의 먼 기억을 소환한다고나 할까? 모든 높고 큰 건축의 압박에서 비로소 해방되는 것이다.

센텀 지구에 '영화의 전당'이 지어질 때만 하여도 그랬다. 나의 불편은 이국에 자신의 실력을 풀어 놓은 이방 건축가에 대한 질투가 아니었다. 감당할 수 없이 압도적이고 그로테스크한 조형에서 이집트 피라미드가 연상되었고, 그 비민주성과 스케일의 폭력에 몸서리쳤다고나 할까?

쿠푸왕의 피라미드에 쓰인 육면체 화강석의 숫자와 거대한 캔틸레버에 동원된 볼트의 개수를 비교하며, 고야의 그림 〈거인〉을 떠올렸다. 마치 나찌 시대의 건축가 알베르트 슈페어Albert Speerr, 1905~1981가 히틀러를 위하여 건축한 기념비적인 건축들이 굳이 선동적이라는 이유가 아니더라도, 그 거대한 질서의 경직이 주는 차가움 때문에 외면하는 것과 같다.

예술은 때로 무모하여야만 주목을 받는다고 하지만 건축조차 그래야 할까? 사람을 담는 것이 건축의 첫 목적이므로 우선순위가 뒤바뀐 건축에 대한 생리적 거부가 생기는 것이다. 그건 도시에 대한 개인적 취향이며 염원이기도 하다.

나는 제가 앉은 땅의 크기를 망각한 채 분수를 지키지 못한 건축의 높이를 경멸했을뿐더러, 더 큰 건축을 위하여 땅을 임의로 다시 가르고 합치는 행위를 규탄하였다. 하지만 도시의 욕망은 내 바람과는 달리 끝없이 정리되고 정비되었다. 반면에 이 도시만의 매력은 점점 사라져간다고 생각했다. 그건 슬픈 일이며, 그런 공허가 밀려올 때마다 습관적으로 오래된 거리를 걷게 된다.

남포동 옛 영화의 거리를 걸을 때 새로 지어진 멋진 건물 '영화의 전당'에서보다 오히려 영화 생각을 더 많이 하게 된다. 그곳이 영화의 본거지라는 내 기억의 한 부분이 소환된 탓도 있지만, 바닥에 내려앉은 소소한 것들이 주는 안온함 때문이기도 하다.

있는 듯 없는 듯한 작은 스테인리스 아치가 85m 캔틸레버보다 더 근사하며, 수더분한 상인들의 호객이 세련되고 전망이 좋은 카페보다 더 편안하기 때문이다. 그리하여 나의 발걸음은 어느 희극영화의 주인공처럼 경쾌하고 가벼워진다.

개별의 건축이 모여 이루는 것이 도시이다. 거대한 도시라 하더라도 마치 돋보기를 들이대듯 거리를 파고 들어가 보면, 사람들의 느린 보행과

재잘거림이 어우러져 있다. 그것들의 두런거림은 높이 솟거나 넓게 퍼지는 것들이 아니라 그냥 그 자리에서 생겨났다가 사라지는 작고 소소한 것들일 뿐이다. 하지만 그것들은 종종 사람들을 웃음 짓게 하거나 때론 흥분하게 한다. 그러다가 슬며시 골목의 그늘 속으로 사라져가는 것들이기도 하다.

그림을 그릴 마음이 생기는 것은 그와 같이 낮은 곳에서다. 생각해보니 내가 지으려 하였던 건축 또한 그런 곳의 한 모퉁이 어느 지점이었다. 거기에 그리 크지 않은 뼈대를 세우고, 그 속에 좋아하는 사람들의 모든 것을 담으리라 생각하였다. 다음 순서로 내가 마침내 작은 행복을 느껴볼 요량이었다.
그래! 건축은 마땅히 그런 별나지 않은 곳에 낮은 모습으로 있어야 해. 높지 않아도 부끄럽지 않으며, 너무 크지 않아서 오히려 넉넉해. 맞아! 처음부터 그렇게 왔어. 그게 내가 이루려던 건축의 본성이었어.

:: 낮은 곳으로, 부산 화명생태공원의 물

의식을 지배하는 공간

:: 상상화

대통령의 업무공간과 사저 이야기가 논쟁거리가 된 적이 있다. 일부 건축가들이 염려한 장소성, 역사성, 조형성의 문제뿐 아니라. 예산, 입찰 등의 실질적 문제에서 설왕설래되는 것을 보면서 공적인 건물에 대한 합의란 처음부터 호락호락한 일이 아님을 알았다.

그때 "공간이 의식을 지배한다."라는 말이 세간에 오르내렸다. 많은 건축가들이 주장해온 공간에 대한 이론을 집무실 이동의 철학적 근거로 삼은 듯하였으나, 나는 이 말의 아전인수적 인용을 경계하였다.

이 말에 쓰인 공간이란 단일 건축이 만들어내는 공간뿐 아니라 건축 외부의 공간, 심지어 인간의 손길이 닿지 않는 자연은 물론 풍습이나 사람들의 일상의 행위까지 포함하는 매우 넓은 의미이기 때문이다. 환경이 지구의 과제가 된 지금은 미래에 대한 상상력까지 공간의 의미에 포함되어야 한다면 지나친 비약일까? 아무튼 공간을 이야기하는 것은 쉽기도 어렵기도 한 일이다.

또한 우리는 알게 모르게 공간의 질서를 바꾸어가고 있다. 그 바뀐 공간들은 또 알게 모르게 우리의 생활을 지배하는 것도 사실이다. 특히 주거를 포함한 개인의 공간이 양적으로 늘어남으로써 공간의 질서는 매우 개인적인 방향으로 변모되고 있다. 그것은 바람직한가?
예를 들어, 브랜드를 가진 아파트 단지들은 개별적 영역을 이루며 기존의 도시질서와 차단된다. 역사적 맥락은 물론, 풍습과 관습으로 존재하던 삶의 방식들을 순식간에 변화시킨다. 나만의 공간은 땅이라는 평면적 영역뿐만 아니라 풍경, 자연환경까지 독점하려 든다. 이웃 간의 대화가 갈수록 줄어드는 요즈음처럼 '공간이 의식을 지배한다.'는 말이 와닿을 때도 없다.

공적 건물이라 하여 다르지 않다. 화려한 건물 주위에 담장을 허물고 마당에 큰 나무를 심고, 잔디를 깔고 있지만, 쉬이 들어가 잠시 머물기 힘든 곳임이 틀림없다. 잔디는 접근 금지되며, 보안절차를 거치지 않으면 내부로의 출입은 엄두도 내지 못한다. 하물며 그것들은 대부분 도시적 맥락의 중요 접점에 위치하여 도시의 흐름을 종종 단절하기도 한다. 자세히 살피면 관공서 건물만큼 영역 표시가 확연한 건물이 없다.

얼마 전 텔레비전에서 이탈리아 어느 도시를 기행하는 프로그램을 본 일이 있다. 내 눈에 든 것은 아름다운 건물과 잘 보존된 오래된 거리에 대한 감동이 아니라 사람들의 보행에서 오는 여유였다.

그리고 시민들의 보행에 근거하여 배치되는 공간의 질서. 수천 년 이어져온 거리의 존재를 먼저 인정하고, 그 다음에 건축을 이루는 태도. 그것은 역사와 풍습과 관습에 대한 인정이며, 이유 있는 복종이었다. 건축의 어떤 아이디어도 그 다음이었다. 그리하여 그 도시는 여전히 아름다움을 유지하고 있었다. 걷는 사람들의 표정이 행복할 수밖에.

건축의 태도와 정신은 그러한 큰 질서 속에 순응함으로써 더욱 빛난다. 예를 들어, 관공서 같은 것들은 상업건물의 상층부 같은 곳에 있음으로써 지상에서 시민의 보행 흐름을 방해하지 않는다. 땅은 어디까지나 시민들의 것이다.

나는 '공간이 의식을 지배한다.'라는 말의 참뜻을 비로소 이해하기 시작하였다. 우리의 의식을 맡길 만큼의 좋은 공간이란, 몇몇 인간이 순식간에 만드는 것이 아니라 오랜 질서 속에 면면히 이어져온 것이어야 함을 알았다.

하물며 오랜 역사를 지닌 큰 도시에서는 얼마나 신중하여야 하는가? 큰 건물 주위로 잔디가 깔린 한 장의 조감도로 공간을 설명하고, 그렇게 되면 사람들의 의식이 순식간에 바뀐다고 주장한다. 조급한지 저급한지 모를 일이다.

느린 건축

:: 경남 양산시

2003년에 출간된 책 《건축가, 빵집에서 온 편지를 받다》는 내게 적잖은 감동을 주었다. 건축가와 건축주가 교환한 편지 혹은 수차례의 현장 대화, 그리고 그 과정에서 스케치 된 그림들이 책의 주된 내용이다.

건축주와 소통하며 느리게 건축을 이루어가는 것이 어떤 건축가들에겐 꿈일지도 모른다. 책을 읽은 이후 나는 동료와 후배들에게 이 책을 기꺼이 소개하곤 하였다.

《집을 순례하다》라는 책으로 잘 알려진 유명 건축가 나카무라 요시후미가 먼 홋카이도의 어느 시골에서 빵집을 하는 젊은 도노모리 부부에게 설계를 의뢰받는 편지로 책은 시작된다.

작은 건물, 보잘것없는 설계비, 그리고 먼 출장. 인기 건축가에게 어울리지 않은 프로젝트임에도 선뜻 수락한 것은 무슨 이유에서였을까? 짐작컨데 "설계비로 직원들이 평생 먹을 빵을 제공하겠습니다."라고 말하는 건축주의 순수한 마음과 그 용기를 산 건축가의 열정이 동기가 되지 않았을까 생각한다.

건축가들이 뒤늦게 깨우칠 일일지도 모르겠지만, 건축의 참된 의미가 건축물로서의 결과이기보다는 건축이 이루어져 가는 과정에 있다는 것을 책은 역설한다. 그리하여 이들이 이루어 놓은 건축은 '소박하다'는 말로 평가되었지만, 이 소박함이란 형태나 재료 혹은 공간의 크기나 질이

:: 이미지의 구축

질박하다는 것이 아니라, 서로의 마음 씀씀이에서 빚어진 더 따뜻한 것 인지도 모른다.

좋은 사람에게서 받은 편지를 차분히 읽어 나가듯 본 책이었다. 3D, 4D 를 넘나드는 초스피드 시대를 살아야 하는 나는 아날로그 방식으로 느 리게 펼쳐지는 이 동화 같은 스토리에 매료되었고, 이후 건축을 대하는 태도에도 약간의 변화가 있었다고 생각한다.

얼마 전, 어느 건축주가 시골에 식당을 짓겠다고 내게 전화하였다. 현장 을 보러 시골로 향하는 차 안에서 이 책을 떠올렸다. 평생을 도시에서 건축을 이루어온 나에게도 요시후미 교수와 같은 기회가 온 것일까? 시간이 갈수록 눈에 뜨이는 자동차 수가 줄어들고, 시야에 초록색의 양 이 점점 많아진다. 도시와 시골의 경계가 허물어진 지 오래이니 별로 특 별할 것도 없으련만 건축주와의 첫 만남이 왠지 설레었다. 오래전 영화 에서 본 프랑스 어느 마을이나 일본의 산골에서의 장면들도 떠오른다. 그리고 보니 요즘 들어 도시를 떠나 시골에서 카페나 식당을 차리겠다 는 사람들이 늘었다.

영화 〈어느 멋진 순간〉이나 〈카모메 식당〉, 〈리틀 포레스트〉에서 본 장 면들에 대한 추억이 사람들을 시골로 불러들일까? "빵만 맛있으면 사람 들은 어디든지 와요." 시골에다 집을 짓겠다는 사람들은 확신에 차 있 다. 책 속의 도노모리 부부가 후시요미 교수에게 설계를 맡긴 용기와 자 신감도 그런 것의 일종일까?

아무튼 사람들의 생활양식이 눈에 뜨이게 바뀌고 있음을 실감한다. 그 에 따라 건축의 양태도 많이 변모하였다. 특히 음식 레저 분야에서는 시 간과 거리와 사람의 수로 결정되던 사업 패턴의 변화가 확연하다.

고급 카페나 음식점들이 차로 한참 들어가야 하는 깊은 시골에 들어서고, 사람들은 기꺼이 시간을 투자하여 거기로 간다. 이제 사람들은 단기간에 목적을 달성하려는 태도를 버리고 좀 더 느긋하게 음식과 레저를 즐기고자 한다.

시골로 향하는 건축가의 마음이 복잡하다. 초록이 지천이고 잠시만이라도 시간의 흐름이 느려질 그곳. 나의 건축은 어떠해야 하나? 3D의 스피드를 버리고 느린 아날로그적 태도를 견지해야 할까? 아니면 처음 보는 건축주와 애틋하게 편지부터 나누어야 할까?

우선 차의 속도부터 줄여야겠다. 그래! 이제부터 천천히. 느리지만 따뜻한 건축. 그게 이번 프로젝트의 해답일지 모를 일이다.

'작은 건축'에 대한 생각

:: 양산 화제리 계획안

일본 건축가 구마 겐고隈研吾. 동경대학 교수이기도 그는 스스로를 제4세대 건축가라 하며 안도 다다오 등 일본의 제3세대 건축가와 구분되기를 원한다. '작은 건축', '삼저三低주의', '연결하는 건축', '자연스러운 건축' 등의 어휘로 선언되는 그의 건축관은 매우 흥미롭다.

특히 '삼저주의'는 위대함, 고상함, 고층으로 대별되던 삼고三高의 건축과 맞서 작고, 저층의 건물을, 낮은 가격으로 건축하자는 소박한 주장이다. 사회론자 미우라 아쓰시三浦展는 그와의 대담에서 현 일본사회에서

남자의 인기비결이 고학력, 고소득, 큰 키에서 부담이 적고, 의존적이지
않으며, 순한 남자로 바뀌어 간다는 사실과 무관하지 않다고 보았다.

이러한 시각이 우리 사회와 어떤 관련이 있느냐는 좀더 복잡한 문제이
다. 하지만 독신의 증가, 심각한 전세난, 주택 매매의 실종 등 예측하지
못했던 우리 사회의 문제를 생각해 본다면, 사회 현상을 전제로 해야 하
는 직업 건축가로서의 나의 관심은 꽤 일리 있는 것이다. 이 이야기를
시민과 공론해 보고자 하는 다른 이유는 적어도 일본의 선先경험을 무
시할 수 없었던 일본과 우리의 사회·경제적 유사성에 있다. 그저 남의
이야기처럼 건듯 흘릴 수 없는 것이다.

그는 부동산 버블 이후의 혹독함과 더불어 그에 일조한 건축의 잘못된
역할을 숨기지 않았고, 그 원인을 분석했다. 결국 '리먼브라더스 사태'를
야기한 미국 금융자본주의에 대한 무분별한 환상과 기대가 일본 사람들
의 주택소유 열망을 부축였으며, 정책에 의한 과잉공급이 융자를 통하
여 이루어졌고, 이는 일시에 붕괴하여 엄청난 국가적 짐으로 남았다는
것이다. 진부한 이야기를 건축가가 한번 더 짚은 것은 결국 그로 인하여
과잉공급된 낡은 건축주택의 처리문제에 있었다. 원인 제공자로서의 정
책입안자는 물론 건축가가 이 문제에 책임이 있다는 것이다.

이 일본 건축가들의 새로운 생각은 신축을 전제로 한 재개발의 비도덕
성에서 출발하여 빈집의 재활용 문제로 확대되어 간다. 정부는 더는 개
인이 주택을 소유하는 공급 위주의 정책을 부추기지 말 것을 주문하고,
일부 유럽 국가에서 일반화된 임대주택 등의 공유개념의 정당성을 거론
한다. 이는 세계적 관심사인 환경문제와도 잘 동조되며 새로운 시각인
'공유경제'의 개념으로 통섭된다.

이미 공급된 주택의 문제뿐만 아니라 신축될 건물의 기능과 수명에 관해서도 주장을 확대한다. 올림픽 유치를 예로 짧은 기간에 이루어지는 행사를 위하여 이루어 놓은 긴 수명의 건축이 결국 그들을 살림을 옥죄었고, 그 책임은 모두 후세들이 해결해야 할 문제로 남더라는 것이다.

도시에 대한 그들의 반성은 더욱 통렬하다. 직선 도로에 자동차만 남고 사람이 실종된 예라든지, 모든 사람을 거대한 쇼핑몰에 몰아넣고 구매 충쇼핑광으로 만들어 버린 것이라든지, 저소득층 주민을 몰아낸 땅에다 자신들만의 영역을 꾸미는 게이트 커뮤니티담과 대문으로 둘러쳐진 고급 주택단지의 비도덕성에 이르기까지……

:: 작은 건축

하지만 무엇보다도 내게 이 주장들이 감동으로 다가온 것은, 그럼에도 그들이 허무에 빠지지 않았다는 데에 있다. 그들의 주장은 진지하고 쾌활하며, 꽤 실험적이다. 1세대, 2세대, 3세대 건축가들이 조력하여 만들어 놓은 도시와 건축들을 바라보면서, 그들 4세대 건축가들은 건축의 태도에 대하여 반성하고 좀더 겸허하게 건축할 것을 준비한다. 심지어 건축가들에게는 '신축건물의 창작자'가 되기보다는 '기존건물의 보수자'로서 건축에 대하여 저자세로 임할 것을 주문하기도 한다. 건축가를 질책하면서도, 한편으로는 결국 생각 있는 건축가들만이 그 역할을 할 수 있다고 위무한다. 그래서 주장은 내게 아름답게 들린다.

어찌 보면 이웃 나라 건축가의 자국 건축에 대한 주장일 뿐이다. 그러나 그들의 주장을 거의 전달하다시피 한 이 글을 나는 왜 써야 할까? 그들이 이미 문제가 있었다고 진단한 것들이 여전히 내가 사는 나라와 도시의 도처에 깔렸고, 금융자본주의의 힘이 여전히 꺾이지 않음을 목도하는 3세대의 건축가인 내가 그 고민을 4세대의 후배들에게 남기기 싫은 까닭이다.

가리왕산 숲을 베고 들어선 동계올림픽 시설물은 곧 텅 빌 것이며, 단장되었다고 주장하는 강은 계속 썩어갈 것이다. 1년에 한 번 행사를 치르는 전당은 여전히 시민의 주머니를 털 것이며, 한 도시에 세 개나 되는 야구장이 또 어떠한 부를 가져다줄지 의문이다. 역사를 허물어 구획해 놓은 재개발이란 투기의 바다에는 어떤 변종의 물고기가 입질할 것인가?

그럼에도 정부는 개발을 전제로 한 경기부양책을 또 준비할 모양이다. 의문에 앞서 가슴이 아프다.

건축과 이미지

:: 카페 계획안

2020. 06. 20

이미지image란 사람이 머릿속 생각을 외부로 표출한 그림이나 물건 등을 나타내거나 사람, 단체, 물건 등의 인상을 나타낼 때 쓰는 말이라고 사전은 설명한다. 그렇다면 건축의 조형은 어떻게 이미지화되는가? 그리고 그 이미지는 사람들에게 어떻게 영향을 미치는가? 이 문제는 건축가들의 영원한 숙제의 하나가 될 수 있다.

로마의 건축가 마르쿠스 비트루비우스는 건축의 3요소를 견고함firmitas과 유용성utilitas, 또 아름다움venustas이라고 규정하였다. 아름다움을 빚어내는 조형이 건축의 중요한 요소이고, 이는 곧 건축이 이미지화될 수 있다는 말이었다. 이후 건축 조형은 모든 미적 사조와 연관되어 있었다. 고전주의, 르네상스, 바로크, 로코코를 거쳐 국제주의 양식과 모더니즘, 이후의 포스트모더니즘과 해체주의에 이르기까지.
반면 거대한 자본과 권력이 개입되는 건축의 외관은 조형적 의미에 또 다른 요소 하나를 짐처럼 지고 있다. 이른바 상징성이라는 덧씌움이다. 상징성은 사람들의 정신을 지배하기도 하는데, 여기서 건축의 근원적 역할에 대한 의문이 생기기도 한다. 건축가들이 다투어야 할 또 하나의 방향이다.
건축에 이미지를 부여한 사례는 스톤헨지나 고인돌과 같은 거석문화에서부터 발견된다. 이렇게 건축이 상징화됨으로써 정신적 지주의 역할을 한 것이다. 이후로 건축의 기술은 기능을 넘어 거대한 상징을 실현하는 데에 몰두하였다. 불가사의와 아름다움으로 여전히 존재하는 피라미드, 파르테논 신전과 같은 유산은 인간의 힘으로 신의 영역을 구축하려는 상징물들이다.
제국주의 시대나 파시즘 시대의 건축에서는 그 이미지의 활용이 극대화되었다. 상징화된 건축의 이미지만큼 사람들을 효율적으로 제압하는 도구가 있을까? 히틀러가 건축가 알베르트 슈페어의 힘을 빌려 권력을 이미지화한 것이 대표적인 예이다. 이후 공산국가와 개발도상국의 권력자들은 건축의 이미지화에 몰두하였고, 많은 건축가가 동원되었다.

그러한 욕망은 스톤헨지의 시대로부터 하나의 진보도 이루지 못하였다고나 할까? 건축을 이미지화하려는 인간의 열망은 끝이 없다. 도시의 건축들은 끊임없이 높이 경쟁을 한다. 여의치 않으면 건축의 머리에 관 crown을 씌우고 불을 켜서 브랜드화시킨다. 자본이 권력이 된 이후에 더욱 심화한 이미지화의 결과물들이다.
불행하게도 우리는 여전히 그런 역사 속에 있다. 학교의 건축들조차 그러했으나 차츰 반성되고 있으니 그나마 다행이다. 하지만 군사시설이나 사법 등의 특정 기능을 수행하는 건물들은 여전히 매우 위압적이고 권위적인 모습으로 건축되고 있다. 그러한 건축의 이미지가 사람들에게 미치는 영향이 어찌 제국주의 시대의 그것과 다르다 할까?

대통령 집무시설의 이전 문제가 시민들의 입에 뜨겁게 회자하고 있다. 나는 대상이 된 건물들의 이미지를 살펴보았다. 기능, 효율, 역사, 예산, 심지어는 풍수지리 등 여러 가지 복잡한 문제에 앞서 오로지 건물의 이미지에 국한하여.
경직된 수직선들로 이루어진 이 건물은 푸른 기와가 얹힌 익숙한 건물보다 더욱 권위적이라는 느낌을 지울 수 없다. 하물며 위압적이고 건조하니 그 앞에 서면 덜렁 겁을 먹을 것 같기도 하다.
건축은 기능이기도 하고 풍경이기도 하다. 또한 집의 모습은 짓고 사는 사람들의 사고에 은연중 영향을 미치기도 한다. 특히 공적 건물의 경우에는 개별적 감정을 넘어 집단의 정서를 대변하는 이미지로 고착화한다. 이미지의 힘이다.

이즈음에 봉준호의 영화에 몰두하고 BTS의 음악에 열광하는 세계의 사람들에게 투영될 이 나라의 이미지를 생각해 본다. 하릴없는 건축가의 기우인가?

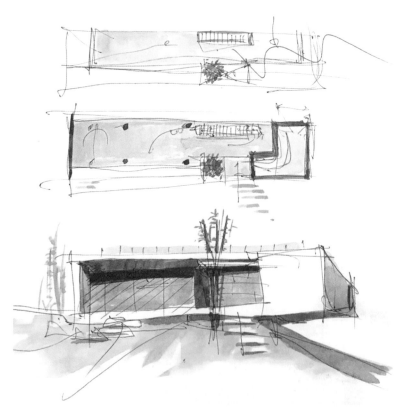

:: 떠 있는 집

그림자 놀이

:: 충남 태안군

학교를 졸업하고 처음 설계사무실에 근무했을 때의 기억이다. 나는 폴 루돌프Paul M. Rudolph, 1918~1997가 설계한 예일대학 건축학부 건물의 텍스 츄어texture와 매스 mass에 흠뻑 빠져 있었다. 루이스 칸Louis Kahn, 1901~1974 의 건축 또한 그 정신적 위대함에 앞서 짙은 그림자가 만드는 선명하고 깊은 볼륨이 먼저 다가온 때이기도 하였다.

일종의 매너리즘이었다고나 할까? 나는 그리려는 입면에 실제의 깊이

보다 과장된 두텁고도 선명한 음영을 그려놓고서야 만족하곤 하였다. 현실주의자인 나의 선임은 그것에 기울이는 정성과 시간이 늘 불만이었을 테다. 하지만 나는 눈치 보지 않고 집요하게 그 작업에 열중하였다. 내가 다루었던 밋밋한 상업용 건물에 깊이의 변화가 있다면 얼마나 있었을까? 그 비현실적인 깊이의 그림자는 내가 처한 건축에 대한 카타르시스였으며, 말하자면 일종의 꿈이고 환상이었다.

이후로도 그림자에 대한 사랑이 깊었다고나 할까? 어느 잡지에 발표한 사진을 주제로 한 수필에 이렇게 쓰기도 하였다.

나의 앨범 목록에 '빛'이란 이름의 폴더가 있는 것은 말이 되질 않는다. 사진은 빛 없이는 성립되지 않는 것으로, 모든 사진의 실체이며 주체가 곧 빛이니 따로 분류될 것이 아니란 말이다.

사진의 이미지란 어느 한 시점 카메라의 조리개를 통과한 빛의 변주에 불과한 것이지 빛 자체가 될 수 없는 것이다. 따라서 '빛'이라고 써놓긴 하였지만, 기실은 빛이 아니라 그림자의 그림이 전부인 셈이다.

빛의 포착은 원천적으로 무리였던 것이다. 더욱이 그림자는 빛이 사물을 통과하지 못한 궤적이어서 오히려 빛과 대치된다고 할 수 있다.

그리고 많은 시간이 흘렀나 보다. 사진, 건축, 그림에서의 내 관심은 여전히 그림자. 특히 내 건축에 충분히 변주되지 못했던 빛과 그림자의 유희에 대한 아쉬움은 크다.

생각해 보니 수필에서 썼듯이 빛과 그림자가 동체였음은 사실이었다. 그림자는 유형의 실체를 만들지만, 빛은 좀체 그 형체를 드러내지 않을 뿐. 하지만 그림자가 빛의 존재를 낱낱이 폭로했을지도 모를 일이다.

아~ 이쉬움의 실체. 내 욕망이 빛이었다면 그림자는 내가 이룬 건축이 아니었는가. 좀체 버리지 못하는 나의 미련 속에 건축이란 그림자는 여전히 짙다.

:: 그림자 짙은 골목

동결되지 않기

:: 제주도 방주교회

:: 방주교회 _ 제주도 서귀포시에 있는 교회. 건축가 이타미 준(한국명 이동룡)이
성경에 나오는 '노아의 방주'의 이미지를 본떠 설계하였다 한다.

그날 페이스북에 사진 두 장을 올린 것은 미련 때문이었다. '물의 엣지
edge, 숨죽인 겨울에 빛난 물의 경계, 고요를 깨운 칼의 노래', 결국 이런
사족이 붙었다.

큰 카메라를 메고 떠난 욕심낸 건축여행. 제주의 칼바람에 이타미 준

1937~2011, 그분이 건축과 함께 동결된 채로 거기에 있을 것이며, 와이드한 조리개와 냉정한 셔터는 언제나처럼 든든할 것이었다.

하지만 빗나간다. 응결을 깬 마음의 작은 동요 때문이었을지도 모를 일이다. '건축은 동결된 음악이다.'라던 괴테의 선언을 지독히 혐오했던 평론가 유진 라스킨Eugene Raskin, 1909~2004의 시니컬한 글이 떠오르다니.

그 책 이후에 일어난 이미지에 대한 내 생각의 진보였는지는 모를 일이나 나는 결국 무겁게 들고 간 카메라 가방을 열지 않기로 하였다. 셔터의 순간이 '찰나의 동결'이라 비하되고, 찰나의 결과물로 집적된 오랜 앨범들의 부피와 그 무거운 이미지가 조종하던 내 연필의 무게가 떠올랐다는 것은 지난 시절의 내가 찰나의 노예였을지도 모른다는 말이었다.

숙소에 가서 둔한 필기구로 그림 몇 장을 상상으로 스케치했고, 집으로 돌아와서 선으로 잡은 윤곽 속에다 물감을 채움으로써 대가의 건축은 겨우 기록되었다. 이미지 포착에 관한 전략의 변화가 분명했다.

덕분에 목표가 된 건축을 둘러싼 그 인상적이던 풍경이 하나의 고정된 이미지로 굳어지지 않았고, 다양한 변주로 머릿속에 머물면서 내 감정과 상상을 살랑살랑 흔들 것이 분명하다. 그러한 가벼움이란 분명 쉬이 고착되지 않을 것들이 지닌 속성, 마치 나비의 날갯짓 같은 것이리라. 애당초 이미지란 그런 류의 말이 아니었을까?

생각해 보니 논리와 관습이 팽개쳐진 그런 방만한 자유가 늘 나를 흥분케 하였다. 설령 이 글과 그림이, 또한 찍어온 사진이 모순되고 앞뒤를 잃은들 무엇이 문제일까? 나는 종이 위에다 건축, 동결, 유진 라스킨, 이미지, 이런 단어들을 잔뜩 늘어놓았다.

마침내 황급히 일어나 그날 찍은 두 장의 사진을 열었고, 헐레벌떡 물감을 풀었던 것이다. 이미지란 것이여! 그때 그 자리에서의 그 느낌이여! 어서 날아와 붓을 통하여 말을 통하여 나의 종이에 깊이깊이 스미기를. 그리하여 빈약한 손과 서투른 상상력에 치를 떨더라도 나는, 글과 그림 사이를 넘나들었던 그 날개를 단 이미지들의 분망함을 사랑하리라. 포획되지 않고 동결되지 않는 그것들의 자유를.

:: 물의 이미지

물의 건축

:: 제주도 본태박물관

Tadaando.
Bontemuseum.

장 그르니에Jean Grenier, 1898~1971의 책 한 권을 끼고 제주로 떠난 길은 물을 보러 가는 여정이었다. 비행기 창밖은 경계가 없는 몽환적 풍경이었지만 분명 거대한 수면 위를 나르고 있을 터였다.

철학자는 '여행이란 일상적 생활 속에 졸고 있던 감정들을 일깨우는 활력소'라고 썼다. 사방이 물인 내 고향 부산에서 또 다른 물을 보러 간다는 행위에 나는 벌써 흥분하고 있었으니, 물의 동네에서 또 다른 물을 만나러 큰물을 건너고 있는 묘한 상황이었다.

생각해 보니 나는 평생을 물의 동네에서 살았다. 육지의 끝은 어디에나 물이 있었고, 육지의 더 깊은 곳으로 이어지는 물길이 수십 분 내에 있었다. 심지어 하루에도 여러 번 물을 건너기도 하였다.

건축을 배운 이후로는 타지마할이라는 보석을 띄운 무굴제국의 물과 펜실베니아 어느 골짜기에 있는 프랭크 로이드 라이트Frank Lloyd Wright, 1867~1959의 건축에서 떨어지는 물소리가 궁금했으며, 그때마다 여름의 소쇄원과 겨울의 안압지를 찾아 헤매곤 하였다.

제주에서는 두 장소의 물을 만나볼 참이었다. 나이가 들어가면서 변하였던 건축에 대한 생각처럼 확연하게 다른 두 속성의 물. 정적인 공간에 활력을 주면서 스스로 주제가 되려는 매우 적극적인 물과 자신을 버리고 배경으로 존재하려는 그저 소박한 물. 그러한 물이 두 거장의 건축과 함께 거기에 있으리라.

안도 타다오1941~가 연출한 본태박물관의 물은 당돌하고 극적이다. 흐름과 낙차가 있으나 소리를 절제함으로써 프랭트 로이드 라이트의 '낙수장'이나 양산보의 '소쇄원' 물과 다른 고고함을 추구했다고 할까? 그렇다고 하여 결코 스스로 숨지 아니하고 활기에 찼다. 심지어 본태 격인 콘크리트 조형에 맞서 도발적이고 대담하기까지 하다.

지형의 변화를 자연스레 이어주는 데에 물만 한 것이 있었을까? 마치 경계를 버리고 번진 수채화의 한 폭처럼, 건축가는 딱딱한 물성의 콘크리트 사이에 물이라는 무형의 자유 물질을 끼워 넣음으로써 은폐된 기하학의 틈에 몽상을 끌어넣었다.

아무튼 이 물은 결코 배경일 수 없다. 세련된 건축가의 재주로 길이와 높이를 지닌 물은 스스로 이미지가 되려 한다. 아마도 디자인의 시작이 물이었을지도 모른다. 나는 본태本態란 말의 훈에 물의 이미지를 겹쳐본다. 아~ 물은 인간의 근원.

반면 이타미 준1937~2011의 건축한 방주교회에서의 물은 자신을 주장하지 않았다. 짐작한 대로 그저 물로 누워 있을 뿐이다.

건축가가 교회 건물의 베이스로 물을 설정한 것은 타당하다. 방주方舟라는 이름의 종교적 유래와 그것에 대한 직설적 은유에 의심의 여지가 없다. 비교된 안도 타다오가 설계한 교회들의 예로 보아도 배경으로의 물의 이미지 차용은 극히 상식적이다.

하지만 내가 안도 타다오의 물에서와 다른 느낌이 든 것은 스스로 형태를 만들지 않고 그저 배경으로만 존재하는 물의 희생적 속성에 있었다. 무척 종교적이었다 할까?

어쩌면 건축의 본질 또한 그런 것인지도 모른다. 스스로 빛나려 하지 않아도 가치 있는 그런 대승적 존재감 말이다. 다시 말하여 그 속에 사람이 살아야 하는 기능 앞에 기꺼이 배경이 됨으로써 건축이 욕심을 버리고 순수한 사물이 된다는 것. 그리하여 결국 그 인간과 합일된 존재로만 고양될 그런 숭고함 말이다.

물의 그러한 정적을 깨트린 것은 일순간의 바람이었다. 그 잔잔한 파문에 이 훌륭한 창조물은 생명으로 빛났다. 건축이 비로소 박제된 사물에서 깨어나는 데에는 빛 또한 한몫하였다. 수평으로 누운 물 위에 앉은 수직의 빛, 둘이 만들어낸 반사는 본연의 깊이에 상상의 깊이를 더한다. 때론 구름을 받아 묵직하게 드러눕고, 때론 하늘을 들여 파란 영원에 빠진다. 노 건축가는 캔버스에 무형의 것들로 만들어낼 유형의 풍경을 그렸던 것임이 분명하다.

다시 장 그르니에를 읽는다. "이런 몽상은 그렇다고 하여 결코 씁쓸한 것이 아니다." 아무튼 물을 내게 특별하여 물에 대한 열망은 내 건축의 한 부분임에 틀림 없고 때론 날개를 달기도 한다.

하지만 나는 다시 물의 풍경을 몽상한다. 끝내 물을 곁에 두리라. 오호라! 세상의 절반은 물. 그런 물은 인간의 본태였으며, 방주를 띄운 바다였고, 도시인들이 의지할 최후의 보루이며, 가난한 건축가에겐 하나의 열망이 되기도 한다.

:: 부산 수영강변

노트르담

:: 2019년 노트르담 성당의 화재

더러는 꾸짖을지도 모르겠다. 감상이기보다는 기록이라 하는 편이 옳겠다. 딴에는 이 참혹한 광경을 그림으로 그린다는 것이 무척 아리고 부담이 되었다는 이야기다. 보시는 분이 아량을 베풀어 1835년 풍경화가 윌리엄 터너가 영국국회의사당 화재를 그린 심정이라 이해해 주시면 더욱 고맙겠다.

사무실의 내 책상 맞은편 벽에는 '쾰른대성당'의 배면을 그린 커다란 펜화가 걸려 있다. 그러니 나는 매일 그 그림에 먼저 인사부터 하고 자리에 앉는 셈이다. 감탄하는 것은 성당의 규모나 구조 형식 등에 대한 것이 아니라 돋보기를 대고 살펴야 하는 디테일의 섬세함이다. 그때마다 요즈음 사람들로서는 도저히 불가능하다고 혀를 내두르게 된다.

고딕 복고와 기능주의 건축을 동시에 주장한 불멸의 대가 비올레 르 뒤크가 노트르담 성당 건물의 보수에 참여한 적이 있다는 글을 읽은 것이 공교롭게도 화재 며칠 전이었다. 기회로 나는 책으로나마 불나기 전 건물의 디테일들을 잠시 살핀 것이다.

2022.03.09

:: 고전의 흔적

그리고 건축의 발전에 대하여 회의하였다. 현대건축이 발전, 즉 나아가고 있다는 것은 사실인가? 생각해 보니 과거의 것들을 돌아보면서 느끼는 심정이 늘 그랬다. 특히 두 성당의 경우와 같이 사람들이 손으로 정성스레 이루어 놓은 것들의 정교함과 불가해함과 마주할 때에는.

비운의 노트르담 성당이 이번의 역경을 딛고 또 일어서길 바란다. 170여 년 전의 비올레 르 뒤크와 같은 불멸의 장인이 다시 등장하여 원형 그대로 보수해주기를 손 모아 비는 것이다.
그리고 그 건축은 천연덕스럽게 우리 앞에 그전처럼 서 있어야 한다. 왜냐하면 불멸의 사람들이 남긴 건축이란 현물은 이루려던 당대 정신의 고귀함을 읽는 즐거움과 더불어 현재를 살아가는 우리의 어긋진 마음을 늘 근본으로 되돌려 주기 때문이다.

상징과 실체

:: 민음사 책 표지를 모사함

도시를 묘사한 문학 작품 중 이탈로 칼비노의 《보이지 않는 도시》는 수
작이다. 좋은 도시를 꿈꾸는 쿠빌라이 칸과 조언자인 마르코 폴로가 나
누는 수많은 질문과 답변으로 이루어진 이 환상적인 소설은 건축가로서

내 입장과 태도를 늘 바르게 이끈다.

도시를 이루어가는 공인의 입장뿐만 아니라 건축주와 맞대하는 개인으로서의 내가 중첩되어 환상과 상징의 세계로 빠지고 마는 것이다. 예를 들자면, 이런 구절을 읽었을 때의 기분을 말한다.

> 칸은 마르코에게 물었다. "내가 상징을 모두 알게 되는 날, 그날은 마침 내 내가 제국을 소유할 수 있지 않겠는가?" 그러자 베네치아인이 대답했다. "폐하, 그렇게 생각하지 마십시오. 그렇게 되는 날에는 폐하 본인이 상징들 속의 상징이 되실 겁니다."

책을 잠시 덮고 풍경 하나를 떠올려보았다. 내가 바다를 걷고 있었을 때 아름다운 건물이 거기에 있었지. 세련, 쾌적과 같은 행복한 기호를 온몸에 두르고. 푸른 물과 산뜻한 바람, 그리고 바다와 산의 선이 마치 자신을 위하여 존재하는 것처럼 당당했지. 건물은 확실히 쿠빌라이의 말대로 하나의 상징이 되고 있었어.

이번엔 잠시 정신을 차리고 마르코의 입장이 되어 보기도 했어. 거대한 건물이 바다에 너무 바짝 다가앉아 있더군. 마치 물속까지 들어가려던 욕망을 겨우 잠재웠다는 듯이 건물은 위세로 분기탱천했어. 나는 그것의 부당함을 애써 찾으려 했던 거야. 도시의 현실적인 문제들은 늘 나를 분개하게 하거든.

하지만 그곳 상징과 현실 사이엔 광장 같은 것이 있었고, 거기엔 현실을 빠져 나와 상징을 찾아드는 사람들의 물결로 제법 소란했어. 들어가지 못할 건물을 힐끔거리며 걷는 사람들과 그러한 사람들을 내려다보는 창문 안의 시선들이 교차하면서 이루어내는 묘한 평화.

사람이란 본능적으로 꽤 조화로운 존재임을 증명이라도 하듯 의외의 민주적 상황이라 할까? 도시 또한 제법 조화로웠지. 아무튼 그러한 평온이 또 하나 도시의 상징이 되고 있었던 거야.

아~ 그러한 풍경을 담으려는 나는 상징 만들기와 현실 사이를 바삐 오가는 건축가인가. 그날 나는 감히 그 앞에 소풍 돗자리 하나 깔지 못하게 된 시민의 입장이 슬프기도 하고, 남이 만든 세련된 건물이 뜬금없이 부럽기도 했다.

:: 기장 오랑대 가는 해변길에 호텔과 리조트가 들어선 풍경

눈을 그리다

:: 기차 안에서 바라본 경기도 어느 산간

산타 옷을 입은 아이들의 사진과 지인의 엽서가 핸드폰으로 전송된다.
시간은 여지없이 연말을 향해 간다.
"하얀 눈이라도 왔으면." 무심히 뱉은 말에 동료가 맞장구친다. "그러게
말이에요. 눈 본 지가 언제야?" 화실에서 동료와 그림을 그리다가 눈 이
야기가 나온 것이다. 크리스마스를 며칠 앞두고 모두 어린이가 되었다.

마침 바깥 하늘이 회색으로 무겁게 가라앉아, 모두 마음속으로 말로만 듣던 화이트 크리스마스를 그리고 있었다.

대화가 이어진다. "누가 눈 그림이라도 한 번 그려 봐요." "뭐 어려울 것 있어요? 하얀 종이를 그대로 놔두면 되지. 어색하면 작은 점이라도 하나 찍어 놓고." 잠시의 정적 속에 저마다 마음으로 눈 그림 하나씩 그리고 있음이 분명했다. 눈빛이 맑았다.

지난 연말 서울서 부산으로 내려오는 길이었다. 방송은 몇 년 만의 대설이라는 소식을 연신 전송하였고, 실제로 눈앞이 온통 눈밭이었다. 기차 안의 나는 설국에서 따뜻한 남쪽 나라로 가고 있다는 착각에 빠졌다. 그리고 주섬주섬 종이와 만년필을 꺼내어 창밖을 스케치하기 시작했다. 따뜻한 도시에 사는 사람으로는 익숙지 않은 풍경을 기록해 두려는 것이다. 그리고 그림 위에 몇 자 적어 놓았다.

오호라~ 어제저녁에 눈이 내린 과정이 세상의 모든 색을 하나하나 덮어 가는 과정이었다면, 지금 내가 설경을 그려보고자 하는 일은 마치 눈밭의 포수가 하얀 토끼를 추적하는 일과 같구나. 눈이 감추다 감추다 남은 것들을 하나하나 찾아내어 그것들을 제자리에 안착시키는 일. 말하자면 백색 눈의 순리에 역행해 보려는 검은 잉크의 애타는 열정이라 할까?

많은 건축가의 첫 작업은 하얀 종이로부터 시작되기 일쑤다. 머릿속 이미지를 종이 위에 구체화시키는 것이다. 스케치라 불리는 건축가의 그림은 건물과 도시를 만드는 첫 단추가 된다. 자신에게는 확신이고 타인을 향해서는 설득하는 수단이 된다.

사유원 2.   2023.04.12

:: 이미지의 추출, 사유원

그러고 보니 건축가의 작업은 눈밭같이 하얀 종이로부터 시작되는 셈이다. 설경을 그리면서 느꼈던 기억대로라면, 무의 공간에 검은 궤적을 하나 둘 남기는 과정이다. 옹기종기한 작은 선들은 주택이 되고, 교회가 되고, 상점이 된다. 나아가 거리가 되고 도시를 이루기도 한다.

반면 하얀 종이 앞에 서는 것은 우리가 세상에 그려 놓은 무수한 검은 점과 선들을 지우려는 작업인지도 모른다. 그도 그럴 것이 거리를 거닐다가 지워버리고 싶은 풍경을 만나는 횟수가 거듭될수록 새 종이 앞에 다시 서고 싶은 열망은 크다. 그것은 비극을 마무리해야 하는 극작가의 절박한 마음과 같은 것이다. 가령 어느 초등학교 운동장에 섰을 때의 마음 같다고나 할까? 학교를 포위한 30~40층의 아파트의 그로테스크한 모습과 그것들이 만들어내는 짙고 어두운 그림자에 몸서리치는 순간은 건축가를 늘 절망에 빠트린다.

나는 건축가 앞에 놓인 하얀 종이는 검은 궤적을 기다리는 새 종이이기보다는 절망을 딛고 자신을 지운 결과이기를 더 바란다. 오늘처럼 아이같이 설레며 눈을 기다리는 것 또한 내 머릿속에 잘못 그려진 무수한 검은 선과 점들을 없애 보려는 반성의 마음일지도 모른다.

그리하여 도시와 거리를 하얀 백지로 되돌려 놓고, 깨끗한 붓으로 하나 둘 다시 그리려는 열망에 빠진다.

아난티코브, 경계에 서다

:: 부산 기장군

나는 그 앞에서 항상 이중적이 된다.

1.

해안에 바짝 다가앉은 걸 보니, 풍경을 독점해 보려던 자본의 위세가 제법 극성이었다. 반면 그대로 볼 수 없었던 시민들의 외침 또한 도저히 묻어둘 수 없었던 것. 생각대로 경계는 긴장으로 아슬아슬할 것이다. 그러한 투쟁 아닌 투쟁이 이 도시에서 다반사가 된 지 이미 오래다.

2.

높은 하늘과 푸른 바다. 생각을 바꾸어 다시 풍경을 본다. 드러낸 자만과 감춘 위화감이 긴박하게 충돌할 것만 같지만, 보기에 따라서는 묘한 평화를 이루어내고 있음을 알게 된다.
그렇다면 사람이란 꽤 조화로운 존재다. 매우 민주적 상황이라 할까?
각자의 생각대로 구경하고, 산책하고, 운동하고, 또 사유한다. 위안하며 나도 그 무리에 들었다. 경계란 내 마음에만 있었던 것일까?

3.

건물 앞에서 건축가는 항상 이중적이다. 다시 시민으로 돌아온다. 과연 내 생각은 옳았을까? 뜬금없이 떠오른 표정들. 화려하고 큰 건물을 바라보며 걷는 품격 있는(?) 산책을 즐기는 시민들의 씁쓰레한 얼굴.
그 앞에서는 감히 소풍 돗자리 하나 깔지 못하게 된 슬픈 시민의 얼굴이 내내 맴돈다. 오직 숨죽이고 걷기만 해야 하는 시민. 담을 치지 않았다 하여 경계는 없는가? 감춘 위화감이 곧 모습을 드러낼 것 같다.

:: 부산 기장군에 있는 리조트,
   아난티코브

아파트 정원의 매화나무

:: 매화나무

새벽부터 마음이 설렌 것은 창틈으로 새어드는 선들바람 탓인지, 아니면 시간을 기억하는 몸의 반응인지 모르겠다. 카메라를 찾았다. 아파트 밑의 매화나무 몇 그루를 생각한 것이고, 어쩌면 늦었을지도 모르겠다 생각했다. 홍매화 소식이 저녁 방송에서 나왔으니 말이다.

'매화 물 주거라.' 하는 말을 마지막으로 남기고 가신 퇴계 선생을 생각한다. 집 마당에 적당한 키의 매화 한 그루 심고, 날마다 창을 열어 꽃과 나무를 완상할 처지는 못 되더라도, 매화 봉우리 맺은 모습과 또 며칠 후 그것들이 만개하여 향을 풍기는 순간을 해마다 기대해 보는 것이다. 하지만 설렘은 일순간 물거품이 되고 말았다. 작년에 매실 몇 개를 주웠던 장소로 달려갔지만, 꽃은커녕 을씨년스럽게 잘린 나무의 윗동이 마른 장작 마구리처럼 볼썽사납다. 아파트 1층 사람들의 민원이 있었나 보다. 언젠가 관리원들이 가지치기에 열중하더니, 제 키의 절반을 잘린 나무.

소변 마려운 강아지처럼 나무의 밑동을 맴돌다가 겨우 몇 개의 움을 찾아내었다. 그 와중에도 나무는 선전하고 있었다. 실과를 맺으려는 본능이라기보다는 절지切枝의 아픔을 이겨내려는 모습이다. 카메라에 담길 것은 꽃이 아니라 나무의 의지였다. 나는 중얼거렸다. "무엇이 그리 급했을꼬? 꽃이나 보고 자르든지."

언젠가부터 매화나무가 훌륭한 조경목의 하나가 되었다. 단정한 키와 구불구불 자연스러운 가지의 모습 때문이 아닐까 생각도 하지만, 기실 이른 봄에 움을 틔우고 꽃을 피워내면서 잠자던 정원을 깨우기 때문이 아닌가 생각한다.

우리의 건축법에는 조경 면적을 강제하고 있다. 건축하려면 대지의 몇

片閒, 지나는 봄, 봄비 내리네. 때마다 한송이 그린다. 2023.02.22

퍼센트를 녹지 면적으로 할애해야 한다. 엄밀히 말하여 시민공원, 시설 녹지 등과 같은 공적 영역으로 확보하지 못하는 면적을 개인의 부지에 그 역할을 떠넘기는 것이다.

대부분의 건축주는 조경 면적을 적극적인 장소이기보다는 마지못해 할 애하는 곳으로 여긴다. 그 결과 조경은 집을 앉히고 남는 땅에 위치하게 된다. 그리고 1미터 남짓한 건물 사이 혹은 빛이 들지 않는 뒤편 음지에 서 죽어가는 나무들만이 가득한 공간으로 방치된다.

특히 아파트의 경우에는 건물과 주차장이나 보행통로 사이의 좁은 공간 에 집중되기 마련이어서 정원의 모습은 획일적이기도 하지만, 나무들이 집에 근접 배치되어 또 다른 문제를 일으킨다. 1, 2층에 사는 사람들은 나무의 키가 자라지 않기를 바라게 되고, 민원의 결과로 애써 심은 나무 는 채 자라기도 전에 가지를 잘려야 하는 고통을 겪게 된다.

내 집 앞 매화나무들이 그런 처지이고 나는 입춘의 즐거움 하나를 거두어야 하니, 이럴 때가 되면 나무를 잃은 감상에 앞서 다시 건축과 조경의 관계에 불만이 앞선다.

녹지의 양은 도시의 질을 보여준다. 그리고 도시계획은 개인보다 먼저 공적 영역이므로 조경 또한 개인의 대지에 강제할 것이 아니라 공적 부지로 확보해야 한다고 본다.

도시계획과 지구단위 계획의 요점은 사람 사는 영역의 확보에 열중하는 용적률 등에만 있지 않고 다른 데에도 있다. 숨통으로의 도심 녹지가 어떻게 효율적으로 만들어져야 하는가는 더 중요한 문제이다.

예를 들어, 아파트의 조경을 볼 때마다 드는 생각과 같은 것이다. 나는 가끔 사람과 차의 통로를 따라 선형으로 연결되는 조경이 아니라 단지의 중앙에 제대로 된 넉넉한 정원 하나가 무성하게 조성되는 그림을 그려보곤 한다. 그러면 나무도 잘릴 걱정 없이 마음껏 자라게 되리라.

나의 매화나무 또한 해마다 꽃 피우기에 신나지 않을까?

꽃과 물, 그리고 당

:: 밀양 위양지

진달래를 보러 나선 길. 비슬산 언덕의 군락이 장관이라, 오래전부터 계획된 일정이었다. 하얀 종이에 연분홍 물감을 번지게 할 일이 새벽부터 설레었다고나 할까? 차 안의 모두가 어린 소녀 같았다. 그때 누군가가 말했다. "꽃이 다 졌다는데요." 그리고 웅성웅성. 결국 차의 방향이 밀양 위양지 쪽으로 틀어진다. 가로수로 심긴 이팝나무가 벌써 하얀꽃을 터트리고 있었으니 일리가 있다. 그리고 대화는 꽃의 개화 시기에 대한 것으로 이어졌다.

"예년의 자료를 검색하여 짜 놓았던 일정이 틀린 것이 아니었는데." 꽃의 시기가 우리의 예상을 빗나가고 있음이다. 모든 꽃이 넉넉잡아 보름 정도는 일찍 피고 있었다. 누군가가 말했다. "이 모두가 지구 온난화의 영향입니다. 이러다 꽃과 계절을 연관시킬 일이 없어질지도 모르지요. 마치 열대지방처럼." 그리고 보니 차창 밖 언덕에 보랏빛 칡꽃이 지천이다.

라디오 뉴스에서는 지난번 강릉의 큰 산불에 이어 또 몇 곳에서 산불이 일어났다는 소식이 전해진다. 올봄에는 유달리 많은 산불이 일어나는 것이 바람의 탓도 있겠지만 가뭄 탓이 더 크다고 말한다. 물과 불은 상극이라 물이 부족하면 불이 성해지는 이치는 당연한 일. "위양지의 물은 그대로 있겠지?" 잠시 들린 어느 정자 연못의 누렇게 변해가는 연의 잎과 줄기가 애처로웠던 탓이다.

"맞아. 모두가 기후 탓이야." 놀란 꽃은 점점 개화시기를 당기고, 땅은 점점 메말라 가니, 기록은 무의미해지고 예상은 빗나간다. 문명은 어찌하여 사람이 꽃을 찾아 이 산, 저 들로 헤매게 만드는가? 문득 사람들이 말라 비틀어진 연꽃 줄기처럼 애처롭다고 여겼다. 꽃을 찾는 마음이 무겁다. 어디 나쁜이었을까?

하지만 밖을 보니 아직 사월의 숲은 온통 연둣빛이다. 가뭄 속에서도 숲은 왜 푸르른가? 숲은 하늘과 물의 성질과 징후를 잘 알 것이기에 우기에 물을 충분히 머금고 있다가 가물 때에 서서히 내어놓는 지혜를 발휘하겠지? 자연은 기후의 변화조차 스스로 조절하는 방법을 알고 있었으나, 다만 그 질서를 파괴한 것이 사람들이다. 문명이란 명제를 앞세워 개발에만 박차를 가한 어리석음을 자연은 묵묵히 지켜보았을 따름이다. 얼마 전 텔레비전에서 가뭄의 문제를 다룬 적이 있었다. 내가 눈여겨본 부분은 도시가 물을 저장하는 방식이었다. '소순환 저류 방식'이라고 불리는 그 방식은 우기의 물을 도시가 일정 시간 품고 있다가 서서히 내어놓음으로써 가뭄과 홍수 등 도시 재난을 예방한다는 것이었다. 독일의 여러 도시에서 실험되었고, 세종시 등 우리나라의 신도시에도 일부 적용했다 한다. 자연의 힘을 뒤늦게 발견한 인간의 노력이 처절하였지만, 땅의 본성과 인간의 지혜가 만나는 멋진 순간이었다.

위양지에서 나는 "아~ 얼마 만에 보는 흙인가?" 하던 오래전 기억을 더듬고 있다. 인도의 보수를 위해 보도블록을 걷어낸 흙길이 오히려 경쾌하였던 것이다. 보도블록 사이를 뚫고 올라온 민들레 한 송이를 보고 사유한 어느 작가의 관찰 또한 떠올렸다. "질긴 생명력도 대단하거니와, 민들레를 세상 밖으로 밀어내려는 땅의 의지야말로 송고한 것이다." 위치를 바꿀 수 없는 식물을 향한 땅의 주문이 그러했다면, 땅을 디디고 살아야 하는 동물의 원동력은 어느 지점으로부터 출발하는가? 내 삶을 돌이켜보더라도 맨 처음 땅 위를 걷게 된 순간만큼 의미 있는 순간이 또 있었을까?

도시에서 땅이 사라진 일은 비극이다. 흙의 냄새는 먼 기억 속이다. 이제는 개발에도 자연과의 협업이 필요하다. 먼저 땅부터 살려내고, 거기에 물길을 열어, 다음으로 꽃을 심자. 옥상의 콘크리트 박스 안에 꽃과 나무를 담아놓고 마냥 흐뭇해 할 일이 아니다.

:: 어떤 산책, 법기수원지

위기의 지구와 건축

:: 일상화된 차량 정체의 모습

2021. 07.

모 방송국의 교양 프로그램에서 해양과학자 N교수가 한 강연은 꽤 충격적이었다. '바다를 알아야 지구를 구할 수 있다'라는 강연의 주제에서 읽히듯, 인간이 무분별하게 제 터전인 지구를 다룬 결과 심각한 환경 위기에 도달하였고, 그러한 지구를 위기에서 구해낼 수 있는 실마리가 바다에 있다는 것이었다.

방송은 보는 내내 나를 숨죽이게 했다. 근년에 지구 곳곳에서 발생한 기후 변화로 인한 재앙을 일일이 들추어본다는 것은 놀랍고도 소름 끼치는 일이었다. 더 강력해진 태풍, 원인 모를 대형 산불, 예고 없는 폭우. 실로 놀라운 광경의 연속이다.

특히 내 눈에 먼저 들어온 것은 속수무책 부서진 구조물과 건축의 잔해들이었다. 태풍에 관한 이야기는 얼마 전 직접 겪은 바이니 그렇다 치

:: 나의 눈이 향하는 곳

고, 특별히 두 가지의 관점이 나는 무척 예민하게 한다.

'GPGP'란 생소한 용어 또한 알게 되었다. Grate Pacific Garbage Patch 의 줄임말로 태평양 바다에 떠 있는 거대한 쓰레기 덩이의 신대륙(?)으로, 그 크기가 점점 커져 대한민국 면적의 무려 16배에 이른다고 한다. 또 다른 하나는 온난화로 인한 해수면 상승 문제였고, 방송은 불과 몇십 년 뒤에 변모될 해안선의 지도를 보여 준다. 아~ 놀랍게도 내가 사는 이곳의 지도조차 충격적으로 변모된다고 한다.

이 두 가지의 관점은 사라질 것들과 새로 생겨나는 것의 극단적 대비를 보인다. 사라질 것들은 끝내 우리가 지켜야 할 것들이고, 새로운 것은 그토록 우려하던 것들이 마침내 현실로 다가온 것이다. 그것도 우리가 모르는 사이에 꽤 심각한 크기로 커졌다.

나는 두려움과 죄책감에 휩싸였다. 땅과 건축을 다루고 있는 나의 눈에 유독 특별하게 보였을 수도 있겠지만, 그 충격이 어디 건축가인 나뿐이었을까.

땅이 존재하지 않으면 건축은 존재하지 않는다. 그래서 땅은 부동산으로서 불멸의 가치를 누렸다. 그것들은 특히 바다, 강의 주변에 있었다. 혹은 매립으로 해안선을 바꾸어 가면서라도 더 낮고 물에 가까운 곳에 존재하려고 하였다.

그런 땅의 존재 가치가 지금 서서히 흔들린다는 말이다. 막상 그것이 소멸의 길로 접어든다면, 우리가 지니고, 누리고, 희망을 심던 그 가치들의 미래는 어떻게 될 것인가? 그것들이 휴지보다 못한 것으로 물에 잠겨 버린다면 어찌 될까? 끔찍한 일이다. 나의 건축 또한 종내에 흔적도 없이 잠겨 버리고 말 것이 아닌가.

GPGP에 대한 책임과 죄책감은 우리 건축인들에게 더욱 크게 다가온다. 문화나 문명을 빌미로 우리는 건축과 그 주변의 것들의 물량과 덩치를 불려온 책임이 있다. 우리는 부동산의 가치에 편승하여 경제적인 혹은 학술적인 뒷받침을 성실히 수행한 바 있다.

또한 스스로 세운 미학적 기준에 도취하여 건축을 화려한 장식품으로 만든 책임에서 벗어날 수 없다. 생각해 보니 그것들의 잔해가 모두 태평양 바다도 흘러간 것이 아닌가.

아무리 보아도 지금까지 우리의 태도는 과했다. 우리가 다루었던 땅, 건축, 인테리어, 생활도구. 그 모두 우리가 조금 더 앞을 예측할 수 있었다면 절제하고 조절할 수 있었던 바였다. 그게 먼저 지녔어야 할 가치가 아니었을까?

생산자인 우리가 사용자에게 '더 높게, 더 넓게, 더 화려하게'라고 말하기에 앞서 이런 말들이 먼저 우리 입에서 나왔어야 하는 것은 아닌지.

"집이 필요 이상 클 필요가 뭐 있어요? 오손도손 모여사는 게 가족입니다."

"추우면 옷을 좀 더 입으면 되지요."

"윗집 소음이 심각하면 잠시 밖에 가나서 산책이라도 하시지. 허허~."

지구의 위기 앞에 어느 건축가가 그동안 지녔던 자신의 태도를 탓하고 있다. 많이 늦었다.